A

Aus Weimars Glanzzeit

Anatiposi

August Diezmann

Aus Weimars Glanzzeit

Unveränderter Nachdruck der Originalausgabe von 1855.

1. Auflage 2023 | ISBN: 978-3-38200-852-9

Anatiposi Verlag ist ein Imprint der Outlook Verlagsgesellschaft mbH.

Verlag: Outlook Verlag GmbH, Zeilweg 44, 60439 Frankfurt, Deutschland
Vertretungsberechtigt: E. Roepke, Zeilweg 44, 60439 Frankfurt, Deutschland
Druck: Books on Demand GmbH, In de Tarpen 42, 22848 Norderstedt, Deutschland

Aus Weimars Glanzzeit.

Ungedruckte Briefe

von und über

Goethe und Schiller,

nebst einer Auswahl ungedruckter vertraulicher Schreiben von Goethe's Collegen, Geh. Rath v. Voigt.

Zum

funfzigsten Jahrestage des Todes Schillers

herausgegeben

von

August Diezmann.

Leipzig, 1855.

Hermann Hartung.

Vorwort.

Karl August, Goethe und Schiller haben Weimar einen Glanz verliehen, der leuchtend strahlen wird so lange es eine deutsche Literatur giebt. Ein halbes Jahrhundert bereits ruht Schiller, ein Vierteljahrhundert Goethe mit dem fürstlichen Freunde in der kleinen Stadt an der Ilm in der Gruft, die durch sie zur Kaaba Deutschlands geworden ist, aber ihr Wirken zieht sich „wie ein rother Faden" bis zum heutigen Tage durch die deutsche, ja durch die europäische Literatur, ihre Worte und Werke klingen in immer weitern Kreisen in tausendfachen Echos nach und ihre Gestalten erscheinen um so größer und riesenhafter, je weiter die Zeit sich von jener entfernt, in welcher sie lebten und thätig waren.

Alles was dazu beitragen kann, die große, glänzende Zeit Weimars und der deutschen Literatur besser noch kennen zu lernen, sollte wohl allen Gebildeten Deutschlands willkommen sein, es wird aber nur von der verhältnißmäßig kleinen Anzahl derjenigen freudig begrüßt, welche die Bedeutsamkeit jener Epoche ganz erkannt haben.

Für diese sind die nachfolgenden Blätter bestimmt, eine Auswahl aus den hinterlassenen Papieren des Professors Hufeland (in Jena, Landshut, Danzig und Halle), die in den Besitz des Verlegers übergingen.

Wenn Goethe von Briefen überhaupt sagt: „Briefe gehören unter die wichtigsten Denkmäler, die der einzelne Mensch hinterlassen kann", so rechtfertiget sich gewiß auch die Ansicht, daß selbst das kleinste schriftliche Denkmal großer Menschen von Interesse ist und für die Nachwelt aufbewahrt zu werden verdient. Auch der an sich vielleicht unbedeutende Brief eines Goethe, Schiller u. s. w. ist das Erzeugniß des Geistes eines solchen Mannes und eine achselzuckende oder muthwillige Vernichtung oder Vorenthaltung desselben eine herostratische Versündigung. Wollte man Letzteres auch nicht zugeben, so sollte doch jeder Brief und jedes Billet von Goethe, Schiller, Lessing ꝛc. veröffentlicht werden, denn in jedem liegt ein wenn auch nur kleiner Beitrag zur nähern Kenntniß des äußern Lebens, des geistigen Strebens oder des Characters des Schreibers oder er bringt die Lösung einer Andeutung, die ein anderer enthält und die ohne jenen unerklärt geblieben wäre.

So sind in dem Goethe-Schillerschen Briefwechsel die Briefe vom 6., 10. und 12. Januar 1798 in Bezug auf den „Chinesen", die „wunderlichen ästhetischen Bemühungen des Herrn C.*)“ völlig unverständlich. Der von mir mitgetheilte 12. Brief Goethes führt den Ursprung des „schönen Morceau“, wie Schiller es spöttelnd nennt, nach Göttingen und nun wird sich das Ganze aufhellen lassen. — Aus dem 9. Briefe ersehen wir, daß Goethe auch in der Lotterie spielte und sogar eine bestimmte Nummer suchen ließ. — Der 17 Brief giebt einen neuen Beweis wie bemühet er war, die Ideen, die er für nutzbringend hielt, zur Verwirklichung zu bringen, denn wir lesen, daß er sogar des Juristen Hufeland Verwendung für Aufführung seines „Mahomed“ nachsuchte. — Noch bemerkenswerther ist was wir aus dem 10. Briefe erfahren. Während man im Publikum noch immer wähnt, Goethe habe stets in Reichthum und Ueberfluß gelebt, liegt hier Schwarz auf Weiß ein Zeugniß, daß er noch 1792 sich genöthiget sah, ein Capital von 1000 Thlrn. aufzunehmen, welches er nach dem 18. Briefe noch im Jahre 1800 verzinsete und, wie wir aus anderen Papieren ersehen, erst nach weitern zehn Jahren zurückzahlen konnte.

Schiller erscheint auch in den hier mitgetheilten Briefen zum Theil in Geldbedrängnissen, zugleich eröffnen sie uns aber einen Blick in sein mitleidiges Herz, da wir von ihm selbst erfahren, daß er trotz eigener Verlegenheit einem noch Aermern zu helfen wünschte.

Die Briefe von Andern über Goethe und Schiller wurden hier

*) Ob das „C“ wohl ein Druckfehler für „L“ ist?

mitgetheilt eines Theils, um einen Beitrag zu den Ansichten zu liefern, welche Zeitgenossen in freundschaftlichen Briefen unter einander über die beiden Hervorragenden und deren literarische Thätigkeit aussprachen, andern Theils, um den Kreis der Freunde und Bekannten vollständiger kennen zu lernen, in dem namentlich Schiller stand, da wir bisher, außer denen, welche er selbst in seinen Briefen erwähnt, von wenigen Personen wissen, mit denen er in nähern Verhältnissen stand oder doch in Berührung kam. Hier lernen wir als einen Freund Schillers den nachmaligen Professor Seyffer in Göttingen kennen und erfahren, daß der später so viel genannte sächsische General Thielemann zu seinen Bekannten gehörte und ihn besuchte.

Von besonderem Interesse dürften die Mittheilungen aus den Briefen des Geh. R. v. Voigt sein, von denen der Verleger mehrere Hunderte besitzt. Abgesehen davon, daß wir diesen überaus thätigen, vielseitig gebildeten, redlichen Mann selbst besser kennen lernen, welcher viele Jahre lang die Arbeitslast des Regierens unter Karl August fast ausschließlich trug, erhalten wir aus seinen vertraulichen Aeußerungen gegen den mit ihm verwandten Hufeland werthvolle Einblicke in die Ansichten und Grundsätze, nach denen Karl August mit Goethe das Weimarsche Land regierte, — Grundsätze, deren Anwendung es wohl erklärlich macht, daß das kleine Land einen so großen geistigen Glanz entfalten konnte, und die schönen Worte vollkommen rechtfertiget, mit denen Goethe einst seinen fürstlichen Freund feierte:

„Klein ist unter den Fürsten Germaniens freilich der meine,
Kurz und schmal ist sein Land, mäßig nur was er vermag;
Aber so wende nach Außen, so wende nach Innen die Kräfte
Jeder, — da wär' es ein Fest Deutscher mit Deutschen zu sein."

Ich mache nur auf die mitgetheilten Bruchstücke aus Rescripten und Antworten des Herzogs aufmerksam, so wie auf das Bestreben seiner Regierung, „immer das Neueste in der Philosophie in Jena zu haben" und ausgezeichnete Männer aller Art für diese Universität zu erhalten und zu gewinnen, selbst solche, die an andern Orten ihrer angeblich zu großen Freisinnigkeit wegen ungern gesehen oder gar ihres Amts entsetzt waren. Mit inniger Freude und nicht ohne Rührung lieset man, wie freundlichmild und wohlmeinend diese Regierung die Jenenser Professoren ermahnt, nicht etwa ihren Ansichten zu entsagen oder sie doch nicht auszusprechen, sondern nur, der schwierigen Verhältnisse wegen, in Rede und Schrift sich etwas zu mäßigen, dann aber auch mit welcher Vorsorge, Entschiedenheit und Ausdauer sie dieselben nach Außen hin schützt und schirmt und die fortwährend drohenden Gefahren bald von einzelnen Professoren und einzelnen literarischen Unternehmungen, bald von der ganzen Universität abzuwenden sich müht.

Die im Anhange mitgetheilten Recensionen aus der Feder Schillers, die bisher unbekannt waren, wird man nicht ohne Interesse

[illegible]

[illegible]

[illegible]

Briefe von Goethe.

1.

Ew. Wohlgebohrn dancke ergebenst für das mir zugesendete Werck*), ich hoffe nächstens Zeit zu finden mich selbst damit bekannt zu machen und bald die angenehme Gelegenheit zu finden mich mündlich über die darin abgehandelten wichtigen Materien zu unterhalten. Mit vollkommenster Hochachtung unterzeichne ich mich

Ew. Wohlgeb.

ergebenster

W. d. 20 Oct. 1790. Goethe.

2.

Ew. Wohlgebohrn

würde schon längst meinen Dank für die übersendete Schrift schriftlich abgestattet haben, wenn ich nicht immer bisher auf eine Gelegenheit gehofft hätte solches mündlich zu thun.

Die Bemühungen Ew. Wohlgeb. müssen einem Jeden schätzbar seyn, der lebhaft überzeugt ist wie vortheilhaft es der Menschheit überhaupt und jedem Staate insbesondere seyn muß, wenn die Wege die zur Kenntniß und Beurtheilung der Gesetze führen von allen Seiten geebnet und besonders auch für die Jugend reitzend gemacht werden. Halten Ew. Wohlgeb. Sich meines Antheils versichert und erhalten mir Ihr geneigtes Andenken. Weimar den 22 Merz 1792.

JW. v. Goethe.

---

*) „Naturrecht" v. Hufeland.

3.

Mit Rücksendung des Eschenburgischen Briefes*) danke ich Ew. Wohlgeb. auf das Verbindlichste für den überschickten englischen Cellini und bitte den gefälligen Mittheilern gleichfalls dafür meinen besten Dank zu sagen. In wenig Zeit werde ich wieder an diese Arbeit gehen und, sobald ich die englische Uebersetzung, nur in einigen Stellen, mit dem Original und mit meinem Versuche verglichen habe, jene wieder zurücksenden; sie scheint mir, nach dem ersten Einblick, sehr klar und treu, nur scheint ihr eine gewisse Anschauung der Kunst und Italienischen Natur abzugehn. Sollte ich mein Urtheil zu voreilig finden, so werde ich es gern widerrufen. In Noten und Erläuterungen hat er nichts vorgearbeitet.

Wenn ich mir jetzt eine gute Stunde machen will, so erinnere ich mich der lebhaften geistreichen Jenaischen Zeiten**) und wünsche sie sobald als möglich wieder erneuert zu sehen. Ich habe seit meiner Rückkunft eher Freund Schillern in seiner Lebensart***) nachgeahmt, nur daß mir mein Hausgarten eher einige Entschädigung giebt.

---

*) Dieser Brief, an Hufeland gerichtet, hat sich auch erhalten und die hierher gehörige Stelle lautet:

„Die englische Uebersetzung von dem Leben des Cellini besaß ich nicht selbst, sondern mußte sie erst aus Süder-Ditmarschen von dem Etatsrath Boie in Meldorf verschreiben, der sie Lessingen und mir vor achtzehn Jahren mitgetheilt hatte. Er ist so willfährig gewesen, sie mir bald zu übersenden und hier erhalten Sie sie also, mit der Bitte, für ihre nicht allzuspäte Zurücksendung gütigst besorgt zu sein. Empfehlen Sie bei dieser Gelegenheit dem Herrn v. Goethe mein Andenken bestens und versichern ihn meiner herzlichen Vorfreude auf diese seine neue Arbeit. In bessere Hände hätte sie nicht kommen können 2c."

Braunschweig, 21. Mai 1796. Der Ihrige.

Eschenburg.

**) „Die Universität Jena stand auf dem Gipfel ihres Flors; das Zusammenwirken von talentvollen Menschen und glücklichen Umständen wäre der treuesten lebhaftesten Schilderung werth. Fichte gab eine neue Darstellung der Wissenschaftslehre; Woltmann hatte sich interessant gemacht und berechtigte zu den schönsten Hoffnungen; die Gebrüder von Humboldt waren gegenwärtig und alles der Natur Angehörige kam philosophisch und wissenschaftlich zur Sprache 2c." erläutert Goethe in den „Annalen" 1796.

***) Der selten sein Haus verließ.

Man hat mir gesagt, daß Sie die Zeit über sich nicht wohlbefunden haben, ich hoffe, daß Sie völlig wieder hergestellt sind. Empfehlen Sie mich Ihrer lieben Frau und allen werthen Freunden und Freundinnen Ihres Kreises. Sollten Sie nach Weimar kommen, so umgehen Sie mich nicht. Weimar den 1 Julius 1796.

Goethe.

4.

Heute Abend um 5 Uhr werde ich aufwarten und meine Waare vorlegen; bis gegen 7 Uhr wo ich mich wieder entfernen muß kann man diese Kunstwerke schon mit einiger Aufmerksamkeit durchsehen.

Wollen Sie morgen früh um 10 Uhr einer Raupendemonstration beiwohnen, so soll es mir auch viel Vergnügen seyn. Jena den 17ten Sept. 96.

G.

5.

Beykommende juristische Gelahrtheit ist zwar keine Last vieler Camele, aber doch immer eine gute Bürde für eine Botenfrau. Haben Sie die Güte diese Bücher in Ihre Bibliothek zu stellen, und wenn Sie die darin enthaltnen Materialien mit Klarheit, Methode und Geschmack benutzen und ordnen, so gedenken Sie meiner dabey freundlich. Leben Sie recht wohl und grüßen die Ihrigen und nehmen meinen wiederholten Dank für die manchen guten Genüsse die Sie mir bey meinem Aufenthalt in Jena verschafft haben.

Weimar den 10. Octobr. 1796.

Goethe.

Hierbey noch ein Exemplar Melodien zum Musenalmanach ins Haus, eins an Frau Hofrath Loder, eins an Frau Doctor Paulus.

6.

Hier schicke ich, werthester Herr Doctor, einen kleinen Aufsatz über die Grundlage zu einer architectonischen Bibliothek, wie ich ihn heute früh dictirt habe, er enthält freylich zu wenig und zu viel. Wenigstens aber wird Ihren Correspondenten keines dieser Bücher angeschafft zu haben reuen. Wir sprechen darüber, und es läßt sich wohl noch manches zweckmäßig in der Kürze hinzuthun, und man kann, wenn man nur erst sieht wo Ihr Correspondent hinauswill, nach und nach mehr darauf bauen. Ich wünsche recht wohl zu leben und hoffe Sie heute Abend zu sehen. Jena am 22ten Febr. 1797.

Goethe.

7.

Schon wieder bin ich nach Jena und zwar, wie ich hoffe, auf längere Zeit zurückgekehrt, und komme sogleich in den Fall Sie um eine Gefälligkeit zu ersuchen.

Durchlaucht der Herzog wünschen den zweyten Theil der Ruinen von Athen zu sehen, und lassen zugleich anfragen: ob man das hier vorräthige Exemplar, ohne den ersten Theil, käuflich erhalten könne? denn den ersten besitzt man schon in Weimar. Wollten Sie mir diesen Band schicken, so würde ich denselben heute, wohl eingepackt, mit den Botenweibern, nach Weimar senden.

Ich hoffe bald das Vergnügen zu haben Sie zu sehen. Jena am 22ten Febr. 1797.

Goethe.

8.

Durch Herrn Hofrath Schiller, der mit H. Boye in Correspondenz steht, ließ ich diesen ersuchen mir den englischen Cellini, gegen eine Vergütung abzutreten*); er hatte die Gefälligkeit mir solchen pure zu überlassen und ich bin eben im Begriff, nebst meiner Danksagung, ihm dagegen eine kleine Artigkeit zu machen. Wollten Ew. Wohlgeb. die Güte haben dieses, nebst meiner Empfehlung, Herrn

*) „Wenn Sie an Boie schreiben, so fragen Sie ihn doch: ob er mir die englische Uebersetzung, die ich von ihm durch Eschenburg habe, überlassen will. Ich will gern bezahlen, was sie kostet und noch ein Exemplar meiner Uebersetzung, wenn sie einmal ganz herauskommt, versprechen." Goethe an Schiller am 19. October 1796.

Hofrath Eschenburg zu melden? Ich bitte um Verzeihung daß diese meine Angelegenheit Ihnen abermals Mühe macht, ich verdanke Ihnen um so mehr den Vortheil, den ich aus diesem Buche bey meiner Arbeit gezogen habe. Ich wünsche recht wohl zu leben und hoffe Sie bald zu sehen und Ihnen die letzten Gesänge meines Gedichts*) vorzutragen. Weimar am 3ten Mai 1797.

Goethe.

9.

Wollten Ew. Wohlgeb. die Güte haben, mit der heutigen Post, bey Ihrem Herrn Schwager**) anzufragen: ob das Loos

No. 7666.

in der hamburger Stadtlotterie selbst, entweder ganz oder zum Theil, vielleicht noch zu haben wäre.

Ich habe bedacht daß es doch angenehm seyn müßte, in einem, zwar unwahrscheinlichen, aber doch möglichen Falle, das Gut***) zugleich mit dem großen Loose zu gewinnen. Sie sehen daß ich mich gleich recht in den Sinn eines Lotteriespielers versetze, an den Zufall muß man gleich übertriebene Forderungen machen. Ich fürchte nur die Nummer ist schon in alle Welt ausgegangen.

Erfreuen Sie sich des schönen Morgens in Ihrem Garten. Jena am 20 Mai 1797.

G.

10.

Ew. Wohlgeb.

erhalten hierbey:

An jährigen Interessen †)	40	Rℓ. —	Gr:
Für Bücher für Serenissimum . . .	7	7	
Fürs halbe Loos 2 Louisd'or à 5 Rℓ. 16	11	8	
Für Bücher von Danzig für mich . . .	9	20	
	68	Rℓ. 11	Gr:

*) Hermann u. Dorothea.

**) Wiedemann, in Hamburg.

***) Er hatte wahrscheinlich Nr. 7666 aus einer Lotterie zum Ausspielen eines Gutes.

†) Diese Zinsen rühren von einer Anleihe her, welche Goethe bereits im Jahre

Ueber die zwey ersten Posten erbitte mir Quittung und danke für den mir gegebenen Credit.

Der zweyte Theil der Ruinen von Athen befindet sich auf hiesiger fürstl. Bibliothek, nebst einer Note daß er nicht bezahlt sondern auf Ew. Wohlgeb. Verlangen zurückzusenden sey.

Unser guter Meyer ist glücklich am Zürcher See angekommen, und befindet sich um vieles besser, ich hoffe die vaterländische Luft soll ihn bald völlig herstellen, und denke ihn nächstens aufzusuchen*),

---

1792 bei dem Professor Hufeland machte und die erst nach vielen Jahren zurückgezahlt wurde. Die Sache ging durch Goethes Collegen, den Geh. Rath Voigt und ich finde in dessen Briefen an Hufeland folgende bezügliche Stellen.

Voigt schreibt am 18. Juni 1792 an Hufeland: „Ihre 1000 oder 1200 Thaler kann ich zu 4 Proc. so sicher anbringen, daß ich allenfalls stets caviren würde, wenn Sie mir solche gelegentlich schicken werden. Im Vertrauen sage ich, daß Ihnen Goethe darüber einen Wechsel ausstellen wird, daß Sie aber hierüber alle mögliche höhere Sicherheit haben; kurz Ihr Geld ist so sicher als wenn es in Ihrem Kasten läge. Es freut mich, daß diese Gelegenheit eben vorkommt."

Dann am 2. Juli 92: „Unsere Geldaffaire abzumachen, dächte ich, daß Sie mich einmal besuchten und das Geld mitbrächten; so machen wir sogleich Alles ab, was zur Sache gehört."

Auch die Auszahlung der Zinsen an Hufeland besorgte meist Voigt, wie sich aus seinen Briefen ergiebt. So finde ich über die erste Zinszahlung folgende Stellen: vom 12. Novbr. 1793 „Ihre 40 Thlr. kommen noch nicht mit, weil ich noch nicht hinauskommen konnte zum Herrn von Goethe," und vom 5. Decbr. d. J.: „Was Ihre 40 Thlr. Interessen betrifft, so hat Goethe mir eine Anweisung gegeben, die ich realisiren werde, wozu aber heute und morgen die Zeit zu kurz ist. Sie empfangen also von mir jene 40 Thlr., wenn ich wieder komme."

Zu welchem Zwecke Goethe dieses Geld brauchte und aufnahm, finde ich in den mir vorliegenden Papieren nicht einmal angedeutet; doch dürfte es nicht ganz unwahrscheinlich sein, daß er sich mit einer größern Summe, die er aus eignen Mitteln nicht sofort herbeischaffen konnte, zu der Reise „ins Feld" versah, da er sich bekanntlich in der Mitte des Sommers 1792 zur Armee nach Frankreich begab und dann später der Blokade von Mainz bis zu Ende beiwohnte.

*) Er trat diese Schweizerreise bekanntlich am 30. Juli 1797 an und sie hat unter andern doppelte Wichtigkeit, denn 1) that er leider! was er in den „Annalen" bemerkt: „vor meiner Abreise verbrenn' ich alle an mich gesendeten Briefe seit 1772 aus entschiedener Abneigung gegen Publication des stillen Ganges freundschaftlicher Mittheilung, und 2) verdanken wir ihr Schillers „Tell". Bekanntlich sagt Goethe selbst in den „Annalen": „weil die epische Form bei mir gerade das Uebergewicht hält, ersann ich einen Tell unmittelbar in der Gegenwart der classischen Oertlichkeit." Wie Goethe den Gedanken an die Ausführung dieses Gedichtes aufgab und Schiller den Stoff für ein Drama sich aneignete, S. „Briefwechsel zwischen Schiller und Goethe."

da wir denn wahrscheinlich gegen den Winter zusammen zurückkommen werden. Ich hoffe Ew. Wohlgeb. noch vor meiner Abreise zu sprechen und wünsche indessen recht wohl zu leben. Weimar am 15 Juli 1797. Goethe.

11.

Mit vielem Dank sende ich das architectonische Werk zurück und empfehle mich nochmals zu geneigtem Andenken Morgen werde ich endlich nach Frankfurth abgehen, schwerlich wird meine Reise so lange als die Vorbereitung dauern, worüber ich auch am Ende ganz getröstet bin, denn man befindet sich denn doch in einem gewissen gewohnten Kreise, umgeben mit Personen mit denen man sich versteht, immer am besten. Leben Sie recht wohl und empfehlen mich den werthen Ihrigen. Weimar am 29 Juli 97.

Goethe.

12.

Ew. Wohlgeb.

sage den verbindlichsten Dank für die so bald besorgten göttingischen Blätter. Das Opus ist äußerst wunderlich, die mehr oder weniger alten und neuen ästhetischen Ingredienzien sind auf eine seltsame Weise zusammengestellt. Sollten Ihnen, auf irgend einem Wege, dereinst nachgeschriebne Hefte vorkommen, so wäre ich neugierig zu sehen wie er gewisse aufgeworfne Fragen beantwortet.*)

---

*) S. Goethes Brief an Schiller v. 10. Jan. 1798: „zugleich lege ich des Herrn C. ästhetische Bemühungen bei, die ich wohl zu bewahren bitte. Nicht leicht ist mir etwas so wunderlich vorgekommen. Das Ganze scheint mir aus alter überlieferter Waare, aus eigenen unbestimmten Ansichten und aus Lappen der neuen Philosophie zu bestehen. Es müßte lustig genug sein, wenn man dereinst nachgeschriebene Hefte erwischen könnte, wonach ich aufstellen will," — und Schillers Antwort darauf vom 12. Jan. 98: „Das metaphysische Gespräch des Paters mit dem Chinesen hat mich sehr unterhalten und es nimmt sich in der gothischen Sprache besonders wohl aus. Ich bin nur ungewiß, wie es in solchen Fällen manchmal geht, ob etwas recht Gescheidtes oder etwas recht Plattes hinter dem Raisonnement des Chinesen steckt. Wo haben Sie das schöne Morceau aufgefunden? Es wäre ein Spaß, es abdrucken zu lassen mit einer leisen Anwendung auf unsere neuesten Philosophen." Etwas Näheres darüber zu ermitteln ist mir nicht möglich gewesen.

mitgetheilt eines Theils, um einen Beitrag zu den Ansichten zu liefern, welche Zeitgenossen in freundschaftlichen Briefen unter einander über die beiden Hervorragenden und deren literarische Thätigkeit aussprachen, andern Theils, um den Kreis der Freunde und Bekannten vollständiger kennen zu lernen, in dem namentlich Schiller stand, da wir bisher, außer denen, welche er selbst in seinen Briefen erwähnt, von wenigen Personen wissen, mit denen er in nähern Verhältnissen stand oder doch in Berührung kam. Hier lernen wir als einen Freund Schillers den nachmaligen Professor Seyffer in Göttingen kennen und erfahren, daß der später so viel genannte sächsische General Thielemann zu seinen Bekannten gehörte und ihn besuchte.

Von besonderem Interesse dürften die Mittheilungen aus den Briefen des Geh. R. v. Voigt sein, von denen der Verleger mehrere Hunderte besitzt. Abgesehen davon, daß wir diesen überaus thätigen, vielseitig gebildeten, redlichen Mann selbst besser kennen lernen, welcher viele Jahre lang die Arbeitslast des Regierens unter Karl August fast ausschließlich trug, erhalten wir aus seinen vertraulichen Aeußerungen gegen den mit ihm verwandten Hufeland werthvolle Einblicke in die Ansichten und Grundsätze, nach denen Karl August mit Goethe das Weimarsche Land regierte, — Grundsätze, deren Anwendung es wohl erklärlich macht, daß das kleine Land einen so großen geistigen Glanz entfalten konnte, und die schönen Worte vollkommen rechtfertiget, mit denen Goethe einst seinen fürstlichen Freund feierte:

„Klein ist unter den Fürsten Germaniens freilich der meine,
Kurz und schmal ist sein Land, mäßig nur was er vermag;
Aber so wende nach Außen, so wende nach Innen die Kräfte
Jeder, — da wär' es ein Fest Deutscher mit Deutschen zu sein."

Ich mache nur auf die mitgetheilten Bruchstücke aus Rescripten und Antworten des Herzogs aufmerksam, so wie auf das Bestreben seiner Regierung, „immer das Neueste in der Philosophie in Jena zu haben" und ausgezeichnete Männer aller Art für diese Universität zu erhalten und zu gewinnen, selbst solche, die an andern Orten ihrer angeblich zu großen Freisinnigkeit wegen ungern gesehen oder gar ihres Amts entsetzt waren. Mit inniger Freude und nicht ohne Rührung lieset man, wie freundlichmild und wohlmeinend diese Regierung die Jenenser Professoren ermahnt, nicht etwa ihren Ansichten zu entsagen oder sie doch nicht auszusprechen, sondern nur, der schwierigen Verhältnisse wegen, in Rede und Schrift sich etwas zu mäßigen, dann aber auch mit welcher Vorsorge, Entschiedenheit und Ausdauer sie dieselben nach Außen hin schützt und schirmt und die fortwährend drohenden Gefahren bald von einzelnen Professoren und einzelnen literarischen Unternehmungen, bald von der ganzen Universität abzuwenden sich müht.

Die im Anhange mitgetheilten Recensionen aus der Feder Schillers, die bisher unbekannt waren, wird man nicht ohne Interesse sammengestellt. Sie wissen aus eigner Erfahrung, was dadurch schon gewonnen ist.

Sollte ich vor meiner nahe bevorstehenden Abreise nicht das Vergnügen haben Sie wieder zu sehen, so wünsche ich recht wohl zu leben und empfehle mich zu geneigtem Andenken. Jena am 2ten December 1799.

Goethe.

17.

Indem ich Ew. Wohlgeb. das fünfte Stück der Propyläen übersende und zu geneigter Theilnahme bestens empfehle, so lege ich auch einige besonders gedruckte Anzeigen bey.

Wenn Sie, in dem weiten Kreise Ihres Einflusses, etwas dazu beytragen mögen daß Mahomet aufs Theater kommt*) und daß mehrere Künstler um den abermals ausgesetzten Preis concurriren**), so werden Sie in beyden Fällen etwas thun das für die Künste nicht ohne Wirkung bleibt.

---

*) Im 5. Heft der Propyläen finden sich „einige Scenen aus Mahomet nach Voltaire", mit einer Vorbemerkung, es sei zu wünschen, daß, unbeschadet des Originalganges, den wir einzuschlagen haben, die Vorzüge des französischen Theaters auch auf das unserige herübergeleitet werden möchten . . „Die Nothwendigkeit, unser tragisches Theater durch Versification von dem Lustspiel und Drama zu entfernen, wird immer mehr gefühlt werden, und es läßt sich hoffen, daß die Scheu der dramatischen Künstler gegen Rhythmisches kurirt werden könne Um eine solche Epoche beschleunigen zu helfen, den Schauspieler zu einem wörtlichen Memoriren, zu einem gemessenen Vortrag, zu einer gehaltenen Action zu veranlassen, ist diese Bearbeitung des voltairischen Mahomets unternommen worden." Auch empfähle sich die Aufführung des Stückes, ein Versuch dieser Art, wegen der Beschränktheit des Personals für jedes Theater. —

„Die Uebersetzung Mahomeds von Goethe soll hoffentlich eine Epoche in der Verbesserung des deutschen Geschmacks machen," schreibt Carl August an Knebel 14. Jan. 1800. S. Knebel's liter. Nachlaß Bd. I. S. 181. Dagegen Schillers Gedicht „An Goethe. Als er den Mahomed von Voltaire auf die Bühne brachte."

**) Im 5. Heft der Propyläen werden den Künstlern zwei Aufgaben zu Zeichnungen oder Bildern gestellt: „Der Abschied des Hectors von der Andromache" (Ilias VI. 395 ff) und „Ulysses u. Diomed, welche das trojanische Lager überfallen" (Ilias X. 377 ff.) Der ausgesetzte Preis war 30 Dukaten. Den ersten Preis erhielt Hoffmann in Köln, den zweiten Nahl zu Cassel.

Denn wenn gleich die Aufführung des Mahomets so wie die Preisaufgabe, beyde an und für sich, nicht von der größten Bedeutung seyn möchten so kann doch das was dadurch aufgeregt wird bedeutend werden. Und müssen wir nicht meist das beste was wir thun in dieser Hoffnung thun?

Leben Sie recht wohl und erhalten mir ein freundschaftliches Andenken. Weimar am 30 Dec. 1799.

Goethe.

18.

Ew. Wohlgeb.

erhalten hierbey die Vierzig Thaler, jährige Interesse*), mit meinem Dank für den mir fortgesetzten Credit. Möchte doch dießmal mein Vorsatz, Jena im August zu besuchen, mir gelingen und ich das Vergnügen genießen einige schöne Sommertage in Ihrer Gesellschaft zuzubringen.

Der ich indessen recht wohl zu leben und mich den werthen Ihrigen bestens zu empfehlen bitte.

Weimar am 8 Juli 1800.

JW v. Goethe.

19.

Ew. Wohlgeb.

erhalten hiebey das letzte Stück der Propyläen, das ich einer günstigen Aufnahme empfehle.

Zugleich erlauben Sie mir eine kleine Bitte: Der junge Schnauß, der sich gegenwärtig in Jena aufhält und unter Ihre eifrigen Zuhörer gerechnet werden kann, wünscht die Erlaubniß Ihnen manchmal aufwarten zu dürfen und, auf seiner academischen Laufbahn, sich Ihres einsichtsvollen Rathes zu erfreuen.

Sein Vater war mein alter Freund und hatte manches Ver-

*) S. die Bemerkung zu dem 10. Briefe.

dienst, sowohl ums Ganze als um uns Einzelne*), der Sohn steht sehr isolirt und ist wirklich von guter Art. Sie werden ihn, nach Ihrer gewöhnlichen Güte und Vorsorge für junge Leute, wenn Sie ihm den Zutritt vergönnen, sehr glücklich machen.

Der ich recht wohl zu leben wünsche und mich zu geneigtem Andenken empfehle.

Weimar am 27 Nov. 1800.

JW v. Goethe.

20.

Ew. Wohlgeb.

verzeihen eine Anfrage. Ich vernehme, daß ein junger Eisenacher, nahmens Buch, sich in Jena befindet, welcher eine schöne Tenorstimme haben soll. Da er nun, wie ich höre, in Ihrem Hause bekannt ist, so wünschte ich durch Sie einiges nähere zu erfahren und ob Sie wohl glauben daß es ein Subject sey, welches man zum Theater anziehen könnte? Wollten Sie wohl die Gefälligkeit haben mir Ihre Gedanken darüber zu eröffnen? Ich würde, wenn Sie ihm einigermasen ein gutes Zeugniß geben, ihn sodann herüberkommen lassen, da er sich denn auch vor unsern Kennern produciren möchte.

Der wackere Zelter hat mir einige sehr angenehme und bedeutende Compositionen geschickt, die ich, bey meiner nächsten Anwesenheit in Jena, in Ihrem häußlichen Kreise, dem ich mich bestens empfehle, einzuführen hoffe.

Weimar am 22 Dec. 1802.

Ew. Wohlgeb.
ergebenster Diener
Goethe.

Nachschrifft.

Sollten Ew. Wohlgeb. einigermasen für die Affirmative seyn und in dem jungen Menschen eine Brauchbarkeit für das Theater

*) Beamter, College von Goethe und Voigt.

vermuthen; so hätten Sie ja wohl die Güte ihn nächstens herüber zu schicken, damit man ihn sehen und prüfen könnte, vorausgesetzt, daß er, wie man mir versichert, einige Neigung zu diesen Zuständen haben sollte.

Wie im Briefe.
G.

Briefe von Schiller.

1.

Hier, mein Bester, einstweilen die Recension des Goldoni*). Die andern folgen nächstens.

Auch folgt die N. Geschichte**), die ich als Autor demüthigst zu Eurer Liebden Füßen lege.

Für das überschickte Werkchen danke recht schön. Es ist seines Verfassers würdig, mündlich ein Mehreres darüber. Adio!

Künftig schicken Sie mir die A. L. Ztg. wieder durch Bertuch hieher***). Schiller.

(Ohne Datum) Octbr. 1788? An Körner schreibt er am 20. Octbr.: „Die N. Geschichte erwarte ich nun jeden Posttag."

2.

Weimar, 21. März 89.

Verzeyhen Sie, mein Bester, daß Sie Ihren Mantel nicht früher erhalten. Der Postillon verschwand mir neulich so schnell, daß

---

*) Er hat lange damit zugebracht, denn schon am 5. Jun. 1788 schreibt er an Körner: „ich habe hier Goldoni's Leben zu recensiren." (Die Recension selbst siehe im Anhang).

**) Niederländische Geschichte.

***) Weimar.

es mir erst einfiel ihm den Mantel mit zu geben, da er schon fort war. *)

Unsern Freunden machen Sie noch recht viele Complimente und Danksagungen meiner Seits. Der Frau Hofräthin Schütz besonders empfehlen Sie mich recht sehr. Ich freue mich endlich einmal auf beständig bei Ihnen zu seyn und werde in Weimar meine Geschäfte so kurz als möglich machen.

Haben Sie die Güte, der Frau Prof. Schütz die bewußten Meublen, worüber wir übereingekommen sind, zu empfehlen. Es würde sehr zu meiner Bequemlichkeit beitragen, wenn ich wenigstens den Schreibtisch und einige Tische vorfinden könnte, wenn ich einziehe.

Adieu. Ihr ergebenster

Schiller

Auch Reinholds viele Grüsse.

3.

Maucke, der mir contractmäßig zwei Dritttheile Honorar für die Memoires nach Ablieferung des Mscpts. bezahlen sollte, ist abgereißt, ohne deßwegen Verfügungen zu treffen. Ich hatte ihm den Tag bestimmt, wann ich fertig werden würde, und bin es noch um zwei Tage früher geworden. Da ich mich auf diese Einnahme verlassen und sonst keine andere Anordnung getroffen habe, so bin

*) Unter den Briefen des Prof. Seyffer in Göttingen an Hufeland befindet sich ein vom März 89 datirter aus Leipzig, worin es heißt:

„Schiller hat Ihnen und mir etwas Prosaisches gespielt, denn wahrscheinlich hat er meinen Mantel mit nach Weimar und ich den Ihrigen mit hierher genommen. Ich muß ihn also bis Würtemberg mitnehmen, von wo Sie ihn entweder durch Post oder den Apostel Paulus (Prof. Paulus) erhalten."

Schiller und Seyffer waren Freunde und wahrscheinlich gleichzeitig von Jena abgereiset, wobei diese Mantelverwechselungsgeschichte vorgegangen. Daß Schiller um diese Zeit in Jena war, erfahren wir von ihm selbst in dem Briefe an Körner vom 26. März 1789, wo er schreibt: „ich war diese und vorige Woche in Jena, um für ein Logis zu sorgen." Er bereitete sich vor, von Weimar nach Jena überzusiedeln und seine Professur dort anzutreten.

ich dadurch sehr genirt, besonders da ich vor meiner Abreise noch allerley Abzuthun habe. Unter anderm kommt der arme Schelm, der Ihnen diesen Brief überbringt, sehr dabey ins Gedränge. Ich habe ihm versprochen ihm auf diese Zeit Geld vorzuschießen, wovon er Kost, Logis u. dergl. von diesem ganzen Sommer abzutragen hat. Er hat seine Creditoren auf den Tag vertröstet, den ich ihm bestimmt habe, und nun setzt er mich wirklich in Verlegenheit. Sie stehn in Abrechnungen mit Maucken und können mir die Gefälligkeit erweisen, mir biß er kommt oder biß ich ihm wenigstens geschrieben und Antwort erhalten habe 16 Carolin auf seine Rechnung vorschießen, denn so viel beträgt die Summe, die er mir jetzt zu bezahlen gehabt hätte*). Können Sie es aber nicht, so muß ich mich an Bertuch halten, und Sie verzeyhen mir meine unhöfliche Zumuthung. Gute Nacht lieber Freund. Ich habe Morgen einen freyen Tag, weil ich erst übermorgen abreise, und besuche Sie und Schütz noch, dem Sie mich bestens empfehlen mögen.

Ohne Datum (1789)

Ihr

Schiller.

4.

Der Meininger Hof hat mir die Ehre angethan, mich zum Hofrath zu machen, welches ich Sie bitte, theuerster Freund, gelegenheitlich ins Intelligenzblatt der Allg. L. Ztg. zu setzen; weil so wichtige Dinge doch nicht geheim bleiben dürfen. Die Publication im Intelligenzblatt Ihrer Zeitung wird, denke ich, genug seyn.

Hier, Lieber, sende ich Ihnen auch den Gatterer und Schlözer

---

*) „Eben schreibt mir Bertuch, daß es mit Mauke wegen der Memoires berichtigt ist: 4 Bände des Jahres, jeder ein Alphabet, der Bogen ein Carolin,“ meldet er Körner am 22. Jan. 89 und am 25. Febr.: „bei Ablieferung des ganzen Mscpts. zu einem Bande ist stipulirt, daß er mir sogleich 16 Carolin baar und den Rest des Honorars nach Vollendung des Drucks bezahlt.“

mit meinem Dank zurück, und diese **Memoires** stifte ich Ihnen in Ihre Bibliothek, so oft Ihr's leset zu meinem Gedächtniß.

Adieu.

S.

5.

Ich höre, lieber Freund, daß wir uns beide um den Professor Schmidtischen Garten bewerben und so unangenehm es mir ist, Ihnen in irgend einer Sache im Wege zu stehen, so sind doch die Umstände so, daß ich von der gegenwärtigen nicht wohl abstehen kann. Ich habe ein dringendes Bedürfniß, in freier gesunder Luft zu leben und das einzige Mittel dazu ist, daß ich so viel Monate im Jahr als es angeht im Garten wohne. Auf diesen Schmidtischen Garten hatte ich mein Absehen längst gerichtet, und, ob mir gleich das Haus, so wie es jetzt beschaffen ist, nicht recht brauchbar ist, so würde ich doch gerne die Kosten daran wenden, um es einigermaßen in Stand zu setzen.

Ich wollte Ihnen davon Nachricht geben, theurer Freund, damit wir den Garten durch diese sonderbare Concurrenz nicht unnöthiger Weise hinauftreiben. Wahrscheinlich haben Sie keine so dringenden Gründe wie ich auf diesem Handel zu bestehen und das Haus würde Ihnen schwerlich das werth seyn, was es mir ist, da es weniger die Beschaffenheit desselben als mein Bedürfniß ist, was mich dazu treibt.

Haben Sie die Güte, l. Freund, mir Ihre Entschließung mitzutheilen und seyen Sie übrigens versichert, daß keine andere Rücksicht als die ich meiner Gesundheit schuldig bin, mich bewegen könnte, mich mit Ihnen in Collision zu setzen

Ganz der Ihrige

5. Febr. 97. Schiller.

6.

Vom Hause den 2. Octbr. 94.

Die Beilage *), lieber Freund, unterrichtet Sie von einem weitläufigen Unternehmen, an welchem ich Sie Antheil zu nehmen bitte. Ich weiß zwar, daß Ihre gehäuften Geschäfte Ihnen verbieten, so viel für diese gemeinschaftliche Schrift zu thun, als wir wünschen, besonders da Ihre vorzügliche Aufmerksamkeit auf das eigentlich Wissenschaftliche gerichtet ist, welches eine solche Monathschrift, ihrer Natur nach, ausschließt. Indessen hoffe ich doch, daß sich irgend einmal entweder zu einem philosophischen oder historischen Beytrage Zeit und Lust bey Ihnen finden soll, als welches ich Ihnen im Nahmen unserer ganzen Societät und insbesondere noch für mich selbst nahelege. Bereits beygetreten sind Göthe, Herder, Geh. R. Jacobi, Engel aus Berlin, Garve, Genz, Matthison, Schlegel, Fichte, Woltmann, beyde Herren v. Humboldt, Körner, Fr. Schulz, Prof. Meier aus Weimar. Auch Schütz hat seinen Antheil uns zugesagt. Das Uebrige, wenn wir uns sehen, mündlich.

Meine Frau empfiehlt sich, so wie ich mich Ihrer vortrefflichen Frau Gemahlin.

Ganz der Ihrige,

Schiller.

7.

Lieber Freund,

Ich erhalte eben das erste Drittel meiner Geschichte des 30jährigen Kriegs und wünsche Ihre Meinung darüber zu hören. Lesen Sie es zwischen heute und morgen durch und lassen mich dann wissen, was Sie dazu sagen. Adieu!

(Ohne Datum) S.

---

*) Die gedruckte Anzeige der Horen und Aufforderung zum Beitritt, die im Anfange des Goethe-Schillerschen Briefwechsels abgedruckt ist. Nur eine Auslassung bemerken wir dort, den Honorarpunkt. In dem mir vorliegenden Exemplar der Anzeige steht von Schillers Hand eingeschrieben „der Bogen wird mit fünf Ldrs. in Gold bezahlt."

8.

Weimar, 28. März 1800.

Ja, lieber Freund, überwiegende Gründe haben es entschieden, daß ich diesen Sommer in Weimar und vielleicht einen Theil desselben in Rudolstadt zubringen werde. Mein Gartenhaus wird dadurch frei und es würde mir sehr angenehm seyn, Sie diesen Sommer als meinen Nachfolger darin zu wissen. Fünfzig Thaler ist der Preis und wenn Sie die Nutznießung des Gartens dabei wünschen (das Gras ausgenommen, welches verpachtet ist), so geben Sie die fünfzig Thaler in sächsischem Courant (Louisd'or à 5 Thlr.). Der Garten ist besonders reich an Rosen und an Lilien und Sie können, wenn es ein gutes Jahr giebt, eine reichliche Obstärnte halten. Ich bitte Sie nur mir Ihre Entschließung, sobald Sie sie getroffen, wissen zu lassen. Mit meiner Gesundheit geht es immer noch langsam, ich war zu schnell und zu heftig angegriffen worden, daß die Natur sich nicht so bald wieder davon erhohlen kann. Sonst ist alles bei mir wohl, meine Frau, die sich Ihnen beiden aufs freundschaftlichste empfiehlt, hat seitdem wir hier sind eines anhaltenden Wohlseyns sich erfreut und auch die Unruhen und Sorgen bei meiner eigenen Krankheit gut überstanden.

Wir werden uns sehr freuen, Sie in den Ferien wieder zu sehen.

Herzlich umarme ich Sie

Ihr

ganz ergebener

Schiller.

9.

Weimar, 22. Jun. 1800.

Herr Prof. Eichstädt wünscht mein Gartenhaus für Sommer und Winter zu miethen und bittet mich um baldige Antwort. Ich will sie ihm nicht eher ertheilen, bis ich von Ihnen gehört habe, ob Sie etwa willens sind, solches auf die zwei nächsten Sommer unter den alten Bedingungen zu behalten, in welchem Falle ich mich auf Herrn Eichstädts Proposition nicht einlassen würde. Haben Sie die Güte, lieber Freund, mir mit dem Botenmädchen Dienstag Abends Ihre Entschließung zu melden, weil ich Herrn Eichstädt gern auf den Mittwoch anworten möchte. Leben Sie recht wohl; von uns beiden viel Schönes an Ihre Frau Gemahlin.

Ganz der Ihrige

Schiller.

10.

Weimar, 3. Decbr. 1800.

Da ich soeben einige Zahlungen in Jena zu machen habe, so bin ich so frei, mein lieber Freund, Sie zu bitten, dieses in meinem Namen zu thun. An Paulsen bitte ich 45 Thlr. und an Göpferdt*) 5 Thlr. zu bezahlen, wenn es Ihnen gefällig ist.

Wir haben die glückliche Entbindung Ihrer Frau Gemahlin mit großem Antheil vernommen und hoffen, Sie beide bald einmal wieder bei uns zu sehen.

Vom Herzen der Ihrige

Schiller.

11.

Weimar, 4. Febr. 1802.

Ich habe auf die nächste Woche einen Posten von 60 Thlr. an den Apotheker Schwarze in Jena zu bezahlen, den ich nicht gern warten lasse, weil er das Geld zum Etablissement seines Stiefsohns braucht und weil er mich immer gut behandelt hat. Kommt es Ihnen nicht ungelegen, lieber Freund, so würde ich Sie bitten, die 50 Thlr. für den Garten an ihn zu bezahlen, vorher aber mir in zwei Zeilen Nachricht davon zu geben, daß ich die 60 Thlr. voll mache. Sind Sie aber im Geringsten dadurch genirt, so will ich andere Anstalten machen.

Mit herzlicher Freundschaft der Ihrige

Schiller.

---

*) Buchdrucker in Jena.

12.

Weimar, 10. Febr. 1802.

Die assignirten 50 Thlr. habe ich von Geh. R. Voigt und Leg: R. Bertuch richtig ausbezahlt bekommen.

Da ich dieser Tage ein Haus hier in Weimar gekauft und mich nunmehr zu einem bleibenden Aufenthalte in dieser edeln Residenz bestimmt habe, so wird mir mein Garten und Gartenhaus in Jena unnütz und ich bin entschlossen es zu verkaufen. Haben Sie Lust zu diesem Handel, so steht es Ihnen für das, was es mich selbst kostet zu Diensten*). Ich habe es mit 1150 Thlr. erkauft und über 500 Thlr. sonst daran verwendet, welches alles ich mit den Rechnungen documentiren kann. Indessen bitte ich Sie, wenn Sie nicht selbst zu dem Kaufe entschlossen sind, von dieser Summe gegen Niemand Erwähnung zu thun, weil ich es natürlich so hoch als möglich zu verkaufen suche. Die Hälfte der Summe kann auf dem Hause stehen bleiben, und nur die andere Hälfte braucht bis Ostern baar bezahlt zu werden.

Der Conducteur Götze hat die Besorgung dieses Handels und wird die Schlüssel bei Ihnen abholen, um das Haus und den Garten anzusehen. Er besorgt auch die Anzeige davon im Jenaer Wochenblatt.

Leben Sie wohl, mein werthester. Wir hoffen Sie bald wieder einmal hier zu sehen.

Ganz der Ihrige

Schiller.

13.

Weimar, 1. April 1802.

Sie haben mir noch keine Erklärung gegeben, mein lieber Freund, ob Sie noch Lust haben, meinen Garten zu kaufen. Es

---

*) G. R. v. Voigt schreibt am 15. Febr. 1802 an Hufeland: „kaufen Sie doch Schillers Garten; es ist doch ein gar angenehmes Besitzthum. Hier in Weimar wäre es unbezahlbar, wenn die Berge mitgingen.“

geschehen jetzt Erkundigungen darnach und ich wünsche zu wissen, ob ich mit Ihnen Handels einig werden kann. Zwar sehe ich wohl, daß ich nicht ohne Verlust aus der Sache kommen werde, da ich einmal bei meiner Abwesenheit von Jena den Garten nicht so hoch nützen kann als er mir kostet und es immer eine mißliche Sache bleibt das kleine Grundstück beizubehalten, da ich selbst nicht in Jena wohne. Wenn ich aber verlieren soll, so will ich es wenigstens lieber an einen Freund als an einen Fremden. Ihnen will ich ihn also für 1500 Thlr. überlassen. Und da ich diese Summe gerade jetzt nicht mehr brauche und auch nicht gleich unterbringen kann, so könnte ich solche bis Weihnachten und einen Theil davon bis auf Ostern zu 4 pro Cent bei Ihnen stehen lassen, denn ich habe auf mein hiesiges Haus auch etwas geliehen, das ich mit 4 pro Cent verinteressiren muß.

Lassen Sie mich bald Ihre Antwort wissen, wenn Sie nicht selbst auf den Sonnabend hierher kommen.

Empfehlen Sie mich und meine Frau Ihrer Frau Gemahlin. Ganz Weimar ist noch voll von ihrem Lobe; sie hat unsern hiesigen Damen, die sich auch wollten hören lassen, ein schweres Spiel gemacht*).

Leben Sie wohl und denken Ihres aufrichtig ergebenen

Sch.

14.

Weimar, 20. Mai 1802.

Da ich für den Sommer dem Dr. Schade erlaubt habe, meinen Garten zu benutzen, so kann ich blos über das Haus mit Ausnahme eines Zimmerchens par terre, welches Dr. Schade zum Absteigequartier braucht, disponiren. Dies nebst dem kleinen Pavillon steht dem Herrn Prof. Thibaut für 30 Thlr. zu Diensten.

---

*) Die Frau Justizräthin Hufeland war eine ausgezeichnete Clavierspielerin und sang auch vortrefflich.

Ich muß um Verzeihung bitten, werthester Freund, daß ich Ihnen vor einigen Wochen ein so böses Sujet empfohlen habe. Aber ich habe Sie behandelt wie einen Prinzen, dem man die Menschen nicht ihrer Verdienste, sondern ihrer Bedürfnisse wegen empfiehlt.

Ganz der Ihrige
Schiller.

Aus Briefen über Goethe und Schiller.

Gräter.

Ich kann nicht umhin, Ihnen meinen Aerger über Kochs imponirends Urtheil über Goethes Hermann und Dorothea (in s. Compendium 2. Bd. S. 187) zu erkennen zu geben. Er meint „Vossens Luisen müsse ein jeder Freund der vaterländischen Literatur eine würdigere Nachfolge wünschen als sie in G. „Hermann und Dorothea" erhalten habe." Mich dünkt, Herr Koch solle über dichterische Meisterwerke entweder gar nicht urtheilen oder ein wenig bescheidener sein. Eine tiefe Vergleichung habe ich nun zwar zwischen „Luise" und „Hermann und Dorothea" nicht angestellt, aber bei Gott! es ist doch wahrlich ein auf den ersten Blick handgreiflicher Unterschied zwischen Voß und Goethe. Jener fliegt mit einer Maschine, dieser ist ein Adler, der sich mit den Flügeln der Natur zum Himmel hebt. Augenscheinlich und nach meiner vielfältigen mündlichen und schriftlichen Erfahrung ist auch Voß in seiner Sprache und seinen Bildern viel zu provinzial, als daß er außer dem nördlichen Deutschlande die Wirkung hervorbringen könnte, die G. in dem ganzen Deutschland hervorbringt. Ich selbst, der ich doch bald zwölf Jahre in allen Dialecten der deutschen Sprache gesucht und zuweilen studirt habe, verstehe in dem größten Theile der Vossischen Gedichte viele Wörter und Anspielungen ohne die Idiotika, und oft mit diesen, nicht. Es wäre doch der Kritik nicht unwerth einmal auf diesen Punkt aufmerksam zu machen. Und eben so wie Voß eutinizirt, so gräcizirt er auch. Ich gäbe viel darum, wenn ich einmal im Meßcataloge läse: „Vossens Homer, ins Deutsche übersetzt von Goethe". Sie werden sich wundern, daß ich, der ich gegen Sie so unzufrieden über die Xenien war, nun eine Art Flügelmann von Einem ihrer Verfasser mache. Ohne in Sachen der Xenien anderer Meinung zu sein (öffentlich habe ich ohnehin weder pro noch contra etwas gethan), ist mein Aerger über dieselben doch um einige Octaven gefallen. Was ich nicht verzeihen konnte, war die Prosection des armen, in meinen Augen durchaus unschuldigen Necrologs, allein — ich hatte die Biographie von Moritz noch nicht gelesen. Wahrlich ich begreife nicht, wie man in den Zeiten der deutschen Aufklärung ein solches specimen illustre der Barbarei dulden und entschuldigen kann. Wenn jene Epigramme (wie ich mir vorstelle) darauf gehen, so habe ich keine Silbe dagegen einzuwenden.

Schwäbisch Hall, 10. Decbr. 98.

Gries.

In Weimar habe ich den ersten Theil von Goethes umgearbeitetem Götz gesehen. Das Stück ist schon vor meiner Rückkehr ganz aufgeführt worden, da die Portion aber auf einmal zu nehmen zu stark befunden ward (es dauerte bis nach 11 Uhr) so ist sie jetzt getheilt worden. Im Ganzen scheint man mit den Veränderungen wenig zufrieden zu sein; es ist nur eine Stimme darüber, auch glaube ich wirklich, daß der zwischen der ersten Bearbeitung und der jetzigen verflossene Zeitraum ein wenig zu sichtbar ist. Goethe scheint, menschlicher Weise, in seiner eigenen Sache die im Werther aufgestellte Bemerkung vergessen zu haben, daß ein Autor durch eine Veränderung seines Werkes, wenn es in seiner ersten Gestalt gefallen hat, dem Werke nothwendig schaden muß. Er will das Stück jetzt noch einmal überarbeiten und für einen Abend vorstellbar machen. Am besten wär' es wohl, er ließe es so, wie es seit 30 Jahren entzückt hat.

— Schillern fand ich heiter und ziemlich wohl, aber noch sehr blaß und abgefallen. Ueber den Attila, den man ihm zugeschrieben hat, war er sehr verwundert und äußerte, es sei gar kein dramatischer Stoff. Ich mochte ihm nicht sagen, daß ich den Tell auch nicht dafür halte.

Jena, 5. Octbr. 1804.

— Als die Großfürstin zum erstenmal im Theater erschien, ward sie mit einem Vorspiel von Schiller empfangen, das zwar eben keine neue Erfindung, aber (wie bei ihm gewöhnlich) sehr viel Sinnvolles und schön Gesagtes enthielt. — Zweiundneunzig Gedichte sind bei der Gelegenheit zum Vorschein gekommen.

Jena, 20. Nov. 1804.

— Auf dem Weimarschen Theater ist diesen Winter nicht viel Bedeutendes vorgefallen. Das Wichtigste war Racines Phädra, von Schiller übersetzt, und ein kleines Schäferspiel von Goethe: Die Laune des Verliebten. Goethe ist von seiner langen und gefährlichen Krankheit wieder ganz hergestellt, aber Schiller kränkelt von neuem. — Nachschr. Schillers Krankheit hat leider einen sehr ernsthaften Character angenommen. Er ist nach den letzten Nachrichten in äußerster Gefahr.

Jena, 11. Mai 1805.*)

---

*) Gries wußte also in Jena am 11. noch nicht, daß Sch. bereits am 9. gestorben war.

— Sie können sich denken, wie sehr Schillers Tod mich gebeugt hat. Ich habe an ihm einen Lehrer und, ich darf wohl sagen, einen Freund verloren. Ohne seinen Rath würde ich nie gewagt haben, diese Bahn zu betreten; seine Aufmunterung galt mir mehr als der Beifall einer halben Welt. Er war es, der

„Mir Freiheit gab, daß meine Seele sich
Zu muthigem Gesang entfalten konnte;
Und welchen Preis nun auch mein Werk erhält,
Ihm dank ich ihn, denn ihm gehört es zu."

Jena, 26. Juli 1805.

— Auch in Weimar ist es mit der Musik ziemlich vorbei. Ueberhaupt hat das Theater seit Schillers Tode sehr gelitten; die interessanteste und fast die einzige interessante Vorstellung diesen Winter war Goethes Stella, nach einer, wie mir scheint, nicht sehr vortheilhaften Veränderung. Denken Sie nur, Fernando erschießt sich und die arme Stella vergiftet sich am Ende. Wem fällt da nicht die Xenie ein:

Oedipus reißt sich die Augen aus, Jocaste erhängt sich,
Beide schuldlos; das Stück hat sich harmonisch gelös't.

Uebrigens befindet Goethe sich jetzt ganz leidlich und arbeitet sehr eifrig an der neuen Ausgabe seiner Werke, so wie an einem neuen Werke über die Farben, auf welches er selbst vielen Werth zu legen scheint. Gebe nur der Himmel, daß diese Ausgabe endlich einmal eine vollständige werde und daß er selbst sie noch ganz vollenden möge!

Jena, 28. März 1806.

Der alte Meister ist noch immer sehr thätig. Möchten wir ihn nur noch recht lange behalten!

Jena, 4. Febr. 1814.

Goethe hat sich seit langer Zeit keinen Winter so wohl befunden als den vergangnen; Wiesbaden scheint ihm besser zu bekommen als Karlsbad. Nur in den letzten vier Wochen litt er an einem heftigen Katarrh, der jetzt aber auf dem Abzuge ist. Sein unerschöpflicher, ewig jugendlicher Geist hat sich wieder ein neues Feld gewählt, nämlich die orientalische und namentlich die persische Poesie, in welche er jetzt ganz versunken ist. Er hat den Winter über unzählige Gedichte in diesem Style gemacht und viel davon vorgelesen. Zu bedauern ist nur, daß wir darüber den 4. Theil der Biographie wohl noch eine Zeit lang werden entbehren müssen; doch wer weiß, ob wir diese überhaupt so bald bekommen hätten. Ich glaube fast, er wird die Erzählung für jetzt abbrechen (da von manchem, was jetzt folgen sollte, vielleicht noch nicht gut zu sprechen ist) und erst die Geschichte der italienischen Reise voraus nehmen.

Daß Goethe zur Feier der Rückkehr des Königs von Preußen ein Festspiel „des Epimenides Erwachen" geschrieben, wird Ihnen bekannt sein. Es ist endlich, am Jahrestage der Einnahme von Paris, in Berlin mit großem Beifall aufgeführt worden und wird auch bald im Druck erscheinen. Nach allem, was ich davon gehört habe, muß es zu Goethe's ausgezeichnetsten Werken gehören.

Jena, 15. Apr. 1815.

Daß Goethe vor Kurzem seine Frau verloren, werden Sie schon gehört haben. Dieser unerwartete Todesfall hat, wie es scheint, einen tiefen Eindruck bei ihm hinterlassen. Nicht als ob er die Verblichene eben sehr geliebt hätte, aber sie war doch die Mutter seines Sohnes und sollte, nach dem natürlichen Lauf der Dinge, die Pflegerin seines Alters sein. Ich fürchte, wir werden den Unersetzlichen nicht lange mehr behalten. Er war, kurz vor dem Tode seiner Frau, einige Wochen lang in Jena. Ich fand ihn sehr gealtert und obwohl er zwischendurch sehr heiter war, ließ sich doch aus manchen Aeußerungen wahrnehmen, daß er selbst sich kein langes Leben mehr verspricht. Indessen fährt er immer fort, den Menschen Freude zu machen. Seine kürzlich erschienene Schrift „Kunst und Alterthum in den Rhein- und Maingegenden" wird vielleicht, so trefflich in ihrer Art sie ist, kein ganz allgemeines Interesse erwecken; aber in der neuen Ausgabe seiner vermischten Gedichte stehen ganz herrliche Sachen, zumal von der heiteren Art, in welcher Goethe so einzig ist. Auf dem Herbst wird nun auch seine italienische Reise erscheinen, wovon wir uns wieder den größten Genuß versprechen dürfen.

Jena, 21. Jun. 1816.

Diesen Auszügen aus bisher unbekannten Briefen von Gries schließe ich nachstehende Zugabe an aus der kürzlich erschienenen (als Manuscript gedruckten) Schrift „Aus dem Leben von Johann Diederich Gries. Aus seinen eigenen und den Briefen seiner Zeitgenossen":

„Goethe äußert bei jeder Gelegenheit die größte Achtung für Calderon. Ich erinnere mich eine sehr geistreiche Vergleichung des spanischen Dichters mit dem Sophocles von ihm gehört zu haben, in Folge welcher er offenherzig gestand: wenn er und Schiller den Calderon früher gekannt hätten, so würden sie in ihren Stücken manche Fehler vermieden haben. Von Schiller erinnere ich mich noch sehr wohl seines Ausdrucks: ihm sei durch die Bekanntschaft mit dem Calderon (in Schlegels „Spanischem Theater") eine neue herrliche Welt aufgegangen."

— „Seit 25 Jahren sind Goethes Werke der Hauptgegenstand meines Studiums gewesen. Goethes Nähe, der Umgang mit Schiller, den Schlegeln, Schelling, meine eigene unwiderstehliche Neigung, Alles leitete mich darauf hin. In dieser beständigen Beschäftigung mit dem Dichter, dessen Werke, so wie sie erschienen, alsbald in meine Hände gelangten, bildeten diese für mich eine ununterbrochene Folge von Schöpfungen oder eigentlich nur eine einzige Schöpfung, deren kleinstem Theile ich so wenig meine Bewunderung versagen konnte wie dem größern und größten, denn alle sind ja Ausfluß desselben unermeßlich reichen Geistes, der auch seinem geringsten Werke das Siegel seiner Eigenthümlichkeit aufzudrücken weiß.

„Alle diese Werke auf dieselbe Stufe des Werthes und der Würdigung zu stellen bin ich nicht gemeint. Auch ich weiß zwischen „Egmont“ und dem „Groß-Cophta“, zwischen „Hermann u. Dorothea“ und „Reineke Fuchs“ einen Unterschied zu machen; aber selbst in jenem so oft geschmähten „Groß-Cophta“ finde ich die unnachahmbaren Spuren Goethescher Eigenthümlichkeit, und wenn Goethe mir um „Egmonts“ willen lieb ist, so ist der „Groß-Cophta“ mir um Goethes willen lieb. Man verargt es keinem Kunstfreunde, auch die nachlässigsten Skizzen, die flüchtigsten Umrisse eines Rafael oder Correggio zu sammeln und werth zu halten; sollte man dem größten Dichter der neuern Zeit nicht gleiche Achtung beweisen dürfen?

„Allerdings aber halte ich Goethe für den größten Dichter, der seit dem Untergange des Alterthums geboren worden ist, denn obwohl ich Shakespeare als Dramatiker seinen Ehrenplatz nicht streitig mache, so sehe ich doch in jedem andern Fache der Dichtkunst Keinen, der mit unserm deutschen Dichter zu vergleichen wäre. Und diese Universalität, dieser allumfassende Reichthum seines Geistes erhebt ihn selbst über Shakespeare, der doch nur in einem Fache groß war.

„Da nun Goethe meiner innigsten Ueberzeugung nach auf einer Alles so weit überragenden Höhe steht, so kann ich freilich eine kühle Werthschätzung, eine mäßige Hochachtung bei ihm nicht wohl angebracht finden. Man muß zwar in Allem Maß halten, aber auch im Maßhalten. Ueberhaupt ist der Moderantismus in der Aesthetik wie in der Politik gar oft nur ein Deckmantel innerer Gleichgiltigkeit. Wer für Tiedge, Matthison und Goethe nur ein und dasselbe Maß der Verehrung und des Lobes hat, von dem kann ich eben so wenig halten als von den Herren im Centrum, die weder liberal noch servil und eigentlich nichts sind.

„Von dem Vorwurfe der Abgötterei denke ich mich hinlänglich gereiniget zu haben; nur über einen Punkt bedarf es noch einiger Worte. Du glaubst, daß Goethes Erscheinung als Mensch einen Einfluß habe auf mein Urtheil über seinen Dichterwerth? Das ist keineswegs der Fall. Mein Verhältniß zu Goethe ist nie ein vertrautes gewesen. Wie ganz anders war es mit Schiller, dessen liebenswürdiges Entgegenkommen mich so oft zu unbegrenztem Vertrauen aufforderte, dessen Rath und Lehre einen so entscheidenden Einfluß auf die Richtung meines Geistes und meiner Thätigkeit hatte! Zwar kann ich nicht anders sagen als das Goethe sich jederzeit freundlich und theilnehmend gegen mich bewiesen, ein näheres Verhältniß hat aber zwischen uns nie bestanden. Seit dem Verluste meines Gehörs, also wenigstens seit 18 Jahren, bin ich fast nie zu ihm gegangen, da das laute Sprechen ihm sehr beschwerlich fällt. Treffen wir uns am dritten Orte, so ist ein freundlicher Gruß gewöhnlich unsere ganze Unterhaltung und auch schriftliche Mittheilungen finden nur in seltenen Fällen statt."

— „Gestern (22. März 1832), um halb zwölf Uhr Vormittags, hat Goethes großer Geist seine sterbliche Hülle verlassen — Noch bis vor acht Tagen hat er gearbeitet. Sein Tod macht eine unausfüllbare Lücke. Er war das letzte, schönste Juwel aus Karl Augusts goldener Zeit; mit ihm wird Weimars Ruhm begraben. Seit mehr als 30 Jahren hat er sich gegen mich immer freundlich theilnehmend und aufmunternd bewiesen. Früher sah ich ihn sehr oft. Die freundlichen Briefe, die ich von ihm besitze, sind mir unschätzbare Reliquien."

Dr. Höpfner.

Die Xenien haben auch in unserer Gegend große Sensation gemacht. Der Verfasser mag sein wer er will, so wird Herr Schiller ex L. 1. D. de recept. herhalten müssen und einen harten Stand bekommen.

Darmstadt, 3. März 1797.

Wilhelm v. Humboldt an Körner.

Wien, 26. Jan. 1811.

Ihr Anerbieten, liebster Freund, Ihnen wenigstens, wenn auch nur in Form eines Briefes, einige Gedanken über Schiller mitzutheilen, schlage ich nicht aus und nehme es nicht an. Der Gedanke spricht mich sehr freundlich an, aber je kürzer etwas der Art ist, desto mehr muß es von der Stimmung des Augenblickes abhängen. Warten Sie also nicht und erlauben Sie mir, nichts zu versprechen. Man hält alsdann manchmal weit eher. Auch ohne die herzliche und tiefe Liebe, die ich zu Schiller hegte, kann ich nie ohne große Erschütterung an die Zeit meines Lebens mit ihm denken. Ja, ich gestehe es offenherzig, nicht ohne Schaam. Mein ganzes Leben seitdem kommt mir leerer, unbedeutender und weniger befriedigend vor und doch habe ich nicht umhin gekonnt, in dieser langen Zeit Entwickelungen in mir selbst zu erfahren, die mich minder deutlich fühlen lassen, daß ich auch jene Zeit hätte anders aufnehmen und anders bearbeiten können. Ich habe mir überhaupt oft gedacht, daß es sehr gut wäre, wenn man seinen Tod drei, vier Jahre voraus wüßte. So lange man das Leben als eine unbestimmte Größe ansieht, kann man nicht anders, selbst im höchsten Alter, als es wie ein Continuum zu behandeln, sehr vieles zu thun was nur auf das Leben selbst, nicht auf seine höhern Zwecke Bezug hat, auch für dieses vieles zu beginnen, oft zu wechseln, wie der Strom, der dem Meere zugeht, immer fortzufließen und natürlich da oft, sehr oft, sich etwas zu verlaufen. Ganz anders aber wäre es, wenn man das Leben als eine geschlossene Größe betrachtete. Alles Unnütze würde weggeschnitten, die Spannung wäre größer, weil sie kürzer wäre, die Welle strömte in sich zurück und man wüßte, was man gewesen wäre und werden könnte. Sie wundern sich vielleicht, wie ich diese Betrachtung gerade an Schiller anknüpfe. Aber es geschieht nur, weil es gerade Schillers Eigenthümlichkeit mehr als jedes andern Menschen war, sein Streben und sein Leben als etwas Unendliches zu betrachten, in dem es ihm genug war, wenn jedes seiner einzelnen Werke einen bedeutenden Moment bezeichnete, ohne daß er je, das erste innere täuschende Feuer zur Arbeit ausgenommen, nur dachte, daß irgend Eins das höchste Resultat dessen wäre, was er der Kunst gegenüber hervorbringen konnte. Es lag dies unmittelbar in der höhern Ansicht, die Schiller von allem geistigen Wirken hatte. Jedes erschien ihm immer in seiner ganzen Unermeßlichkeit, alle in ihren vielfachen Verbindungen oder vielmehr in ihrer unzertrennlichen Einheit. Nie hat Jemand die Menschheit höher und nie immer so ganz in der Flüchtigkeit ihrer ewig wechselnden Erscheinung aufgenommen. Dies rastlose geistige Fortbewegen eignete ihn auch so vorzugsweise der Poesie und in ihr der dramatischen. Es war eigentlich seine Eigenthümlichkeit. In Gang, Miene, Gespräch, in Allem drückte es sich aus. Selbst die Kenntniß der Wirklichkeit und der Natur schöpfte er nicht aus der Anschauung, sondern schuf sie mehr durch seine eigene Phantasie. Sie hatte daher auch oft eine andere Farbe, schien minder treu als sie es war. Bewunderungswürdig war dann zugleich an ihm die Ruhe und Milde. Niemand kann weniger zerstreut, weniger unstät, mit mehr Liebe bei einem Gegenstande bis zur Erschöpfung verweilen, mehr frei von der abgebrochenen Heftigkeit sein, welche andere Nationen, da nur die Deutschen die eigentliche Leidenschaft kennen, Leidenschaften zu nennen pflegen. Darin lag seine unendliche, sich immer gleiche Liebenswürdigkeit, die, wenn sie mit der Größe zusammenschmolz, ihn, da kein Mensch sich immer gleich sein kann, manchmal im Gespräch so werden ließ, wie ich nie einen Andern gesehen habe und mir keinen Andern, wenigstens nicht höher, denken kann. Es ist wirklich unbegreiflich, wie unendlich kleiner immer alle Andern, die man sonst noch so sehr liebt und ehrt, mir hierin gegen ihn vorkommen, wie beschäftiget mit ihrem Ich, wie beschränkt auf eine einzelne Sphäre, wie befangen an irgend einer Seite, wie wenig begeistert durch das augenblickliche Gespräch und dadurch fruchtbar an neuem Stoff, wie nur immer mit dem Herumdrehen des alten beschäftiget. Alles das läßt sich vor dem Publicum nicht sagen und darum verdrösse es mich, von ihm zu reden. Schiller hatte eine Superiorität, die, obgleich Niemand so billig und gerecht war als er, obgleich vor keinem Richterstuhl Niemand so sehr sein volles Recht empfing, doch eigentlich alle, die eine Empfindlichkeit dieser Art haben, aufregen mußte. Er konnte Alle und richtig und allseitig beurtheilen, ihn eigentlich keiner ganz, weil er auf einer ungleich weniger niedrigen Bahn wandelte, weil man ihn aus jedem einzelnen Kreise hätte verdrängen können und er noch immer im Durchschauen aller gleich groß geblieben wäre, weil sein gewöhnliches Leben vom Moment seines Erwachens bis zum Abend so war, daß er alles Gewöhnliche, womit sich doch auch die besten viel und gern und angelegentlich beschäftigen, wie Staub unter sich ließ, und zwar nicht so, daß er irgend eine Beschäftigung, ein Vergnügen, wenn es sich darbot, abgewiesen hätte, immer nur dadurch, daß er jedes anders behandelte. Was Andern, auch den Hervorstechendsten, begegnet, daß sie zwischen den bessern Momenten Lücken haben und sie auf heterogene oder mechanische Beschäftigungen verfallen, war ihm immer fremd. Es ging, im buchstäblichen Verstande, kein Moment für seine geistige Thätigkeit verloren. Auch hat dies natürlich ihn früher aufreiben müssen. Auf diese Weise wird Schiller mir immer die merkwürdigste Erscheinung im Leben bleiben, und seine eignen Briefe an mich geben mir in vielen Stellen das kaum erfreuliche Zeugniß, daß ich mich nicht leicht in Enthusiasmus über die einfache Gestalt der Dinge hinaus hinreißen lasse. Aber wie will, wie kann man ihn so darstellen? Und wie man es anders thut, giebt man der Kritik Blößen. Man kann ihn nur retten, wenn man ihn in seiner ganzen, durchaus nicht abzuleugnenden Größe zeigt. Die Wolzogen und ich haben oft gesagt, man müßte Schilderungen der Menschen, mit denen man gelebt hat, für sich machen und hinterlassen. Und nur so kann man wirklich über

Personen reden, die man tief gefühlt hat. Der selbsterlittene Tod muß erst Alles versöhnt haben, um Wahrheit als Wahrheit gelten zu lassen. Wenn die Zerstreutheit des Lebens Zeit und Stimmung dazu vergönnte, wäre nichts so hübsch als solche Erfahrungen niederzulegen und immer wieder umzuschreiben bis der letzte Moment, in dem Alles erstarrt, auch das zuletzt Geschriebene fixirte und Andern zu weiterm Gebrauch übergäbe. Das, mein bester Freund, ist meine Ansicht von der Sache. Herzlich aber freut es mich, daß dieser Gegenstand, der uns beide näher angeht als sonst irgend Jemand auf Erden, uns wieder zusammengeführt hat. Ihr Leben Schillers sähe ich sehr gern vor dem Druck, aber ich fühle, daß Sie eine Handschrift nicht so weit schicken können. Leben Sie innigst wohl.

Humboldt.

Hofrath Loder.

An der Spitze der Zeitung (der A. L. Ztg., nachdem die alte mit Schütz nach Halle ausgewandert war) steht eigentlich Goethe, der aber nicht den Namen dazu hergeben will.*)

Jena. 5. Sept. 1803.

Mit Goethe stehe ich zwar nicht in Briefwechsel, aber sonst in gutem Vernehmen. Er war im Herbst mit Wolf in Helmstädt und brachte auch hier (in Halle) ein paar Tage zu, wo er denn auch mich besuchte und nach alter Weise bei mir aß.

Halle, 19. Jan. 1806.

Hofrath Lüder.

Ueber Herrn Schiller und Goethe schüttelt hier Jedermann den Kopf. Mich schmerzt es unsäglich und vollends wenn ich erst an

*) S. Briefwechsel zwischen Goethe und Zelter I. Bd. S. 80 u. 81.

das denke, was da noch kommen wird. Bauernstolz, Mangel an Freiheit, Tact und Ton, den man bei unsern Zunftgenossen weniger als in jeder andern gebildeten Classe von Menschen findet, wird nun unausbleiblich Auftritte begleiten, wie wir schwerlich wieder in unserm Jahrhundert aus den Köpfen werden schaffen können.

Braunschweig, 2. Jan. 1797.

H. Meyer.

Goethe hat mir aufgetragen, Sie zu benachrichtigen, daß ihn eine kleine Krankheit genöthigt acht Tage das Zimmer zu hüten und darum keine Proben von der Claudine gehalten werden konnten; so wird es also unmöglich sein, dieses Stück, wie sonst geschehen sollte, auf den zweiten Pfingstfeiertag zu geben.

Weimar, 20. M. 95.

Es ist mir der angenehme Auftrag gemacht worden, Ihnen zu melden, daß künftigen Sonnabend die Oper Claudine gegeben werden wird; wenn es Ihnen nun gefällig sein sollte, an diesem Feste Theil zu nehmen, so soll ich Sie im Namen unseres Geh. R. v. Goethe ersuchen, mit den Ihrigen und Ihren musik. Freunden sich auf ein bescheidenes mäßiges Mittagsmahl bei guter Zeit hier einzufinden; der Wirth würde sich doppelt freuen, wenn Hofr. Loder und Frau hiervon benachrichtiget werden und die Gesellschaft mehren helfen wollen. Man wird sich einrichten, zehn Gäste zu empfangen.

Weimar, 27. Mai 95.

Ihren Auftrag wegen der Rec. der „Propyläen" habe ich an Geh. R. v. Goethe gebracht und mit ihm überlegt, was in dieser Sache am besten zu thun sein möchte. Von uns bekannten Kunstrichtern sind es allein Ramdohr und Hirt, welche sich zu Recensenten qualifiziren würden, allein da die „Propyläen" gerade den ihrigen entgegengesetzte Grundsätze aussprechen, so würde auch bei dem besten Willen, der sich von beiden voraussetzen läßt, die Beurtheilung doch parteiisch sein und es wäre zu befürchten, daß dadurch wirklich selbst der guten Sache einiges Hinderniß in den Weg gelegt werden könnte. Wäre es Ihnen nicht entgegen, so wünscht der Herr G. R. v. Goethe und ich, daß die Recension der „Prop." dem Herrn Jacob Horner in Zürich aufgetragen werden möchte. Er ist ein junger Mann, der das Studium aller schönen Wissenschaften und Künste mit Glück treibt und nebstdem gründliche philosophische Kenntnisse besitzt; er hat ein freies Urtheil und wird sich gewiß viele Mühe geben, um sich mit Ehren aus der Sache zu ziehen und wo ihm die Anschauung mangelt (denn er ist nie in Italien gewesen), so wird er sich des Raths und Beistandes verschiedener Künstler von Einsicht, die seine Bekannte sind, bedienen. Ich werde ihm meines Orts auch Nachricht geben.

Weimar, 29. Decbr. 1799.

Goethe ist vor einigen Tagen aus Jena, wo er sich seit zwei Monaten aufgehalten, nach Carlsbad gereiset, und wird den Sommer durch daselbst bleiben. Seine Optik ist eben fertig gedruckt und wird in der Messe von Leipzig aus versendet werden. Er ist sehr wohl, ich denke gesunder als seit mehreren Jahren, auch thätig und wird hoffentlich noch manches Gute hervorbringen. Sein Sohn studirt jetzt in Jena und zeigt sich als ein recht wackerer und gesitteter Jüngling.

Weimar, 18. Mai 1810.

Goethe bearbeitet „Romeo und Julie" von Shakespeare für's hiesige Theater, setzt sein angefangenes Leben fort zu schreiben und ist bei großer Thätigkeit ganz munter. W. 12. Decbr. 1811.

Goethe wird vermuthlich bald wieder einen Band aus seinem Leben drucken lassen. „Romeo und Julie“ ist auf unserm Theater gegeben worden und hat vielen Beifall gefunden.
W. 11. Feb. 1812.

Goethe habe ich in Carlsbad gesehen; er ging nach Töplitz und wollte wieder nach Carlsbad zurückkehren, um den 2. Band seiner Selbstbiographie zu endigen. Im Septbr. will er wieder nach Weimar kommen. W. 10. Aug. 1812.

Goethe ist recht wohl und sehr thätig. Er verfertigte vergangenen Sommer in Berka (wo eine Schwefelquelle entdeckt worden ist) in sehr kurzer Zeit ein großes allegorisches Drama für Berlin, aus welchem das Lied, dessen Sie erwähnen, genommen ist. Ich wünschte Ihnen den schönen Genuß, der mir geworden ist, das Ganze vorlesen zu hören. Einige Stanzen zumal scheinen mir unübertrefflich gelungen. Der Titel heißt Epimenides. Der Dichter sieht die Weltbegebenheiten aus einem hohen Standpunkte an, das Parteienwesen ist ihm also fremd. Seine italienische Reise wird jetzt von ihm zum Druck bearbeitet und neben ihr entstehen kleine Gedichte. In der That muß man sich über diese Thätigkeit verwundern und wohl mag sie allen seinen Freunden um so mehr erfreulich sein, da sie ein vollkommenes physisches Wohlbefinden anzeigt. W. 21. Jan. 1815.

Goethe ist vor etwa 14 Tagen vom Rheine zurückgekommen so munter, froh und wohl wie ich seit zehn und mehr Jahren ihn nicht gesehen. Er ist vielfach thätig, welches eben ein guter Beweis seines völligen Wohlbefindens ist; eigentlich unter der Feder und zugleich unter der Presse hat er Betrachtungen auf seiner Reise an den Rhein. Sie beziehen sich auf den Zustand der Künste, Wissenschaften, Sammlungen in den verschiedenen Städten, wo er gewesen und werden wohl bald erscheinen. Sodann, wenn er mich beglücken will, lieset er manchmal, aber noch ganz im Geheim, und ich glaube nicht, daß Andre viel davon erfahren haben, Gedichte in der Manier des persischen Dichters Hafiz vor. Es ist bereits eine sehr beträchtliche Sammlung und, dürfte ich in Sachen der Poesie urtheilen, welches ich mir aber keineswegs anmaße, so würde ich sagen, es wären Stücke darunter von der vortrefflichsten Art. Die Bearbeitung seiner Reise nach Italien ist ein drittes Werk, woran er arbeitet und bereits weit gediehen ist; ich glaube, es werde „die Fortsetzung aus meinem Leben" werden.

Weimar, 29. Oct. 1815.

Uebermorgen soll hier zur Feier des Geburtstags der Frau Großherzogin Goethes Epimenides mit einigen von ihm eingerückten Abänderungen gegeben werden. Der Kapellmeister Weber von Berlin ist selbst gekommen, um seine dazu componirte Musik zu leiten. So viel ich darüber urtheilen kann, ist dieselbe recht gut gerathen, angemessen, gefällig und ausdrucksvoll ... Der Bildhauer Schadow ist auch seit einigen Tagen hier, um mit Goethe das Denkmal oder Ehrenmal zu bereden, welches die Mecklenburgischen Stände dem Fürsten Blücher zu Rostock setzen wollen. Es besteht aus einer Statue zu Fuß über Lebensgröße und das Modell ist recht zierlich und geistreich.

Weimar, 28. Jan. 1816.

A. W. Schlegel.

Daß der Aufsatz über W. Meister (in d. A. L. Z.) Ihren Beifall hat, freut mich. Noch habe ich nichts von Goethe darüber vernommen.

22. Aug. 98.

Prof. Schmidt.

Von Schiller und Paulus wollte mir ein Reisender — freilich nur Bettler — traurige Nachricht bringen. Wenn beide wohl sind, so sagen Sie ihnen, daß ich mich herzlich darüber freue, wenn sie es nicht wären, so bitte ich Sie auch auf diesen Fall, den ich hinwegdenken muß, um vergnügt zu sein, sie meiner innigsten Theilnahme zu versichern.

Gießen, Nov. 91.

Schreyvogel (West.)

Die Xenien und die Gegengeschenke haben Alxinger mehr Aergerniß gegeben als billig scheint. Ich habe ihn sogar nicht ohne einige Mühe abhalten können, sein Urtheil darüber laut werden zu lassen. In der That, wir haben hier keinen rechten Begriff davon, worin die Schönheit des Spaßes bestehen soll, wenn ja Spaß bei diesem abgeschmackten Handel ist. Die Jesuiten und die Großen klatschen in die Hände.

Wien, 30. Decbr. 96.

Prof. Seyffer.

— Freund Schillers Beifall freuete mich sehr; grüßen Sie den Gottesmann herzlich und dem Apostel Paulus sagen Sie, daß der Mensch nicht allein vom Brode, sondern auch von jeglichen Briefen lebe, die er von seinen Freunden bekomme.

Leipzig, 25. Aug. 89.

— Dem hehren Schiller meinen Geistergruß!

Göttingen, 1790.

Stahl.

Mein mir so liebes Jena wird nun bald in eine Einöde verwandelt sein, weil Hufland, Paulus, Schelling, Loder und Schütz es verlassen haben. Die Studenten gehen in großer Anzahl ab und die Professoren wünschen sich sämmtlich weg. Zwar giebt sich Goethe alle mögliche Mühe, die Docenten mit Kuchen und Wein zu erheitern, es will aber alles nichts helfen.

Coburg, 22. Jan. 1804.

Thielemann.*)

An Appellationsrath Körner in Dresden.

In Jena war ich bei Schiller und habe ihn heiter und wohl aussehend angetroffen, welches mich um so mehr erfreuet, da es gegen meine Erwartung war, leider aber sagte er mir selbst, es wäre nicht immer so und er litte viel an Krämpfen und Nervenschwäche. Sein Kind scheint sein Alles zu sein und ist ein munterer vielversprechender Knabe. Die Mutter schien mir sehr verändert und weit natürlicher zu sein als sonst. — Goethe war in Jena, aber diesen Abend bei Loders; von Wind und Kälte noch mehr verstimmt als es die Umstände schon gethan hatten, konnte ich nicht dahin gehen und blieb den Abend zu Hause, aber den großen Mann muß ich sehen.

Sieyes hat Kanten um sein Urtheil über die Constitution befragt und letzterer in Berlin um Erlaubniß gebeten, es zu sagen, — das wird der Mühe werth sein zu hören.

Coburg, 9. Mai 1796.

Chr. Felix Weiße.

(Dieser Brief ist nicht an Hufland gerichtet.)

Der Schillersche Almanach ist aller Welt ein Aergerniß. Grobheit und schaler Witz zeichnen die meisten Epigramme aus. Aber

*) Der später so berühmt gewordene sächsische General.

es wird den Verfassern wahrlich vergolten werden und schon schneit es stark Gegenepigramme von allen Orten her. Der alte Forster *) war vor vierzehn Tagen aus Halle hier gewesen und hatte ein ganzes Taschenbuch dergleichen herrecitirt. Von Nicolai erwarte ich die schärfste Lauge und die Recensenten werden ihre Geiseln tapfer schwingen. Es kann auch nicht schaden, daß Leuten die Wahrheit gesagt wird, die sich, wie die Verfasser der „Horen", das Monopol über Geschmack und deutsche Literatur anmaßen wollten.

Leipzig, 12. Novbr. 96.

Aus Briefen des G. R. Voigt.

— Wer doch wohl den albernen belletristischen Almanach**) gemacht haben mag? Himburg in Berlin hat ihn verlegt . . . Die Gothaische Zeitung hat's widerrufen, daß Barth ihn gemacht. An jedem großen Mann will der Verf. Flecken rügen. Das ist das Manöver solcher miserabler Schmierer. 6. Feb. u. 9. März 82.

— Was gebe ich Ihnen von hier aus Neues? Gelehrtes — wirklich nicht, denn daß uns Goethe neulich ein Schauspiel ohne Namen gab, mehr pantomimirt, mehr getanzt, gezaubert und maschinirt als gesungen und gesprochen, doch durchaus mit neuer Musik von einem neuen Compositeur Schubert, ist nichts Interessantes und mehr artistisch als gelehrt. Weimar, 6. Feb. 82.***)

---

*) Johann Reinhold Forster.

**) Almanach der Belletristen und Belletristinnen f. d. Jahr 1782. Ulintea.

***) Das erwähnte „Schauspiel" wurde zum Geburtsfeste der Herzogin Louise

Herr de Villoison ist sei 6 Wochen hier und bleibt noch einige Monate da. Ein eigner Mann! Tief sprachgelehrt, bis aufs Teutsche, wovon er kein Wort lernen will. Schmuzig und geschwätzig bis zum Ekel, sonst ganz Franzos, auch in andern Dingen. Raynal, den wir auch hier hatten, hat mehr Real-, dieser mehr Verbalkenntnisse. Hier prävalirt Memorie, dort Beurtheilungskraft und überhaupt philosophischer Geist.

In Vertrauen, daß ich insgeheim einen Antrag als Hofrath in die Gothaische Regierung hatte. Ich fand aber gut, die Bedingung so zu fordern, daß es mir nicht hätte gereuen können, das Vaterland (wenn es in Deutschland oder insonderheit in Weimar eins giebt) zu verlassen, dagegen aber auch nichts daraus wird, weil man dort ebenfalls nicht freigebig gegen Diener ist, die nur arbeiten müssen.

Herr Geh. Rath Goethe ist geadelt worden; wollen sehen, was er als Herr von Goethe leisten wird. Der Herr Kammerpräsident von Kalb erhielt schleunig seinen Abschied mit 1800 Thlr. Pension. Warum? weiß eigentlich Niemand. Herr v. Goethe übernimmt die Kammerdirection. 14. Juli 82.

---

aufgeführt. Die Göchhausen schreibt an Merck: „Freund Goethe hat auf der Herzogin Geburtstag eine artige Comédie-Ballet geliefert, folgenden Inhalts: eine Fee und ein Zauberer hatten einen mächtigen Geist beleidiget und ihnen wurde dadurch das Vorrecht, ewig jung zu bleiben, geraubt. Sie wurden alt mit allen Feen und Zauberern, die ihnen ergeben waren. Diese Strafe sollten sie dulden bis in gewissen Bergklüften der große Karfunkel gefunden würde, dem das verzaubert war, was ihnen allen fehlte. Dazu vereinigten nun die Fee und der Zauberer ihre Macht. Die Berggeister wurden beschworen, Feen, Gnomen und Nymphen thaten durch wunderbare Zaubereien ihr Bestes und das Abenteuer wurde bestanden, der große Karfunkel herbeigeschafft, geöffnet und — Amor sprang heraus. In diesem Augenblicke gingen die großen Verwandlungen vor sich und aus einem ganzen Theater voll alter Mütterchen und Gnomen wurden lauter schöne Mädchen und Jünglinge und diese Verwandlungen gingen sehr gut und Decoration und Musik war recht artig. Das Ganze war mit Gesang und Tänzen gemischt und endigte mit einem großen Ballet, wo Amor der Herzogin Verse gab". (Gedruckt in den „Maskenzügen" Nr. 5.)

— Vor wenigen Tagen ist Hauptmann von Blankenburg mit Oeser hier gewesen und ich habe viel Gutes von dem bescheidenen, kenntnißreichen Manne gehört. Man hat ihn überreden wollen hierher zu ziehen, er hat aber freilich keine Lust dazu gehabt. — Einen Theosophen und Geistermann, aber sonst braven Chemiker und Metaphysiker haben wir hier, Dr. Oberreit, einen Schweizer, der Wieland lange gekannt hat. Gestern lehrte er mich die 7 Elemente, 7 Temperamente, 7 Sinne ꝛc., — ein mathematisirender Kopf. — Herr Villoison ist noch immer hier in griechische Bücher und Correspondenzen vergraben.

Un'ser Herzog ist kürzlich im kursächsischen Campement gewesen; der Churfürst hat großen Geschmack an ihm gefunden und man denkt und spricht in Sachsen auf das Vortheilhafteste von unserm Karl August. 7. Nov. 82.

Daß Prof. Büttner aus Göttingen sammt seiner Bibliothek künftigen Sommer in's Jenaische Schloß zieht und dort seine Tage beschließt, ist eine Neuigkeit, die unserm Herzoge Ehre und Jena viel Nutzen bringt, denn der Mann ist eine lebendige Bibliothek. 6. Jan. 83.

Diesen Winter haben wir Donnerstags einen Clubb, Männergesellschaft, wobei ich engagirt war und mit Wieland, Bode, Bertuch, Bucholz, Krause, Musäus, Sturz ꝛc. manche literarische Freude genossen habe. — Die Herren zu Glarus haben den „Chronologen" verbrennen lassen, worin die dortige neue Hexenverbrennung stand. Ob Zürich nicht auch das Stück confisciren wird, worin der Bescheid steht von der sträflicher Weise beleidigten Katze eines Rathsherrn? Das Factum soll richtig sein und Wieland weiß ähnliche, wo z. B. einige Rathsherrnsöhne ein Mädchen in Winterthur nothzüchtigten ohne alle Bestrafung. 19. März 83.

— Selbst meine Lectüre hat seit der Ostermesse gelitten, kaum gelehrte Zeitungen sind gelesen worden. Engel, Eberhard, Eschenburg und ihre Aesthetiken, Kant und Faustin haben mich noch nicht auf ihren Auen geweidet; ich bin wie ein durstloses Kameel durch lauter Sand Arabiens gegangen. Zwei meiner Collegen sind ein Vierteljahr verreiset, einer eben so lang krank und einer in Präparation seines Abschiedes begriffen gewesen. In dieser Dürre mußte meine Mühle, die noch etwas Radwasser behalten hatte, allein mahlen; man schüttet immer frisch auf, ohne mir die Mahlmetze zu lassen. In diesen Hundstagen habe ich mich ein wenig herausgearbeitet und nun hat man mich zum geheimen Archivarius gemacht, wo ich eine frische Bahn angetreten habe. Das ist mein Lebenslauf! Wie man länger lebt, so häuft sich die Masse des Handelnden; darunter läuft das Leben geschwinder weg, bis seine Quellen versiegen.

Bei dem positiven Rechte muß man hin und wieder seine Vernunft so sehr gefangen geben als in der Theologie nimmermehr. Wohl haben Sie Recht, daß die unausbleibliche Nutzbarkeit vorläufig in Hoffnung schadlos halten muß vor Trockenheit der Sachen. So ergötzt eine Aussicht auf schöne Gottesnatur vom dumpfigen Dorftempel bei einer gähnenmachenden Predigt. Nicht blos ein festes Verlangen als Richter oder Sachwalter Gutes zu stiften, die Chicane auf den Kopf zu treten, die Leiden der Menschheit zu mindern, — nicht blos Uneigennützigkeit und Unbestechlichkeit lassen die edle Absicht gelingen, Gerechtigkeit und Frieden des Lebens zu formen zu haben. Man muß, um die Hindernisse heben zu können, die Schlupfwinkel des Rechts selbst genau inne haben, sonst triumphirt mancher Rabulist über die menschenfreundlichsten Bemühungen.

Ich danke für Ihre Charte von Preußen; sie hat mir Ihr vaterländisches Gebiet viel respectabler vorgestellt als ich es kannte. Wenn nur der Türkenkrieg dem großen Friedrich nicht neue Beuten liefert. Ich wollte doch wünschen, die gemäßigten Republiken, die eine Mischung von Demokratie haben, blieben noch in der Welt, damit es außer Amerika noch Freistätten gäbe.

Wie schlimm Herrn D. Müllers zu Eisenach Poesie und Redoutenaufzug bei Gelegenheit des Erbprinzengeburtsfeier daselbst im deutschen Museum, Juli d. J., behandelt worden, mögen Sie selbst nachlesen, wenn Sie wollen. Eine Lüge und unverständige Verläumdung ist es, daß die Landstände convocirt worden, um diese geschmacklosen Festins zu approbiren.

In Bernullis Kleine Reisen, 10. Band, steht eine Reise (vom Pastor Götze in Quedlinburg) durch Weimar, Eisenach und Jena, die auch possirliches Zeug und viel Wind enthält. Auch sind wir im Berliner Theater-Journal umständlich beschrieben; namentlich ist Wieland dort sehr präconisirt. Unsere Celebrität wird uns fast zur Last, — in der That, man muß sich scheuen, Fremde zu sprechen, wenn man einen berühmten Mann vorstellt. Und Andere suchen sie nicht auf; desto besser für uns. Diez und Bertuch sind große spanische Rivalen; ich falle des Erstern Urtheilen bei, denn B. betrachtet das Scribentenwesen blos als Manufactur, nicht als Weg zur Unsterblichkeit. 16. Aug. 83.

— Von neuem Jahr an haben wir dreimal in der Woche Comödie. Die Truppe ist vorher in Erfurt gewesen und soll mittelmäßig sein . . Weiß man nicht, wer der Verf. ist von Briefen eines Franzosen an seinen Bruder, 2 Bde.? Es sind viele gute Sachen darin, aber wir in Weimar sind chikanirt. Mit halber Wahrheit hat man uns in ein sehr falsches Licht gesetzt. Das Buch geht schrecklich ab; überhaupt ist's jetzt eine Periode, wo man Reisen drucken lassen muß. 16. Decb. 83.

Sie erhalten ein paar Ilmenauer Nachrichten. Als mich vorgestern Herr v. Goethe fragte, ob mir neue Subscribenten vorgekommen, nannte ich Sie alsbald. Sie sind also eingezeichnet.

Die Zahlung der 10 Thlr. wird erst geleistet, wenn der wirkliche Angriff geschieht . . . Johannes Müller ist so wenig Verf. der Briefe eines Franzosen als Einer von uns. Hier argwohnt man insgeheim auf den Herrn Leuchsenring. Mehrere mögen wohl Theil haben. Es ist viel Geschwätz und viel Falsches darin. 12. Jan. 84.

— Ich lege die Rede bei, die Herr von Goethe halten wird, wenn wir zur feierlichen Eröffnung des Bergwerks ausgehen. Wirklich ist morgen früh die Reise angesetzt und ich denke im Schlitten mit Goethe nicht zu frieren. Ich habe unsägliche Arbeit gehabt, um alle Voreinrichtungen zu entwerfen, die diese Entreprise erfordert . . Ich habe auf 200 Folianten alte Archivacten gelesen, wo ich unzählige Gründe aufgefunden, die unsere guten Hoffnungen äußerst vernünftig machen . . . Glück auf, daß Danzig wieder offen ist! Möge doch die große Katharina, die Amerika so ruhig frei werden ließ, das gute Danzig frei bleiben lassen!

20. Feb. 84.

— Da ist die Rede, die ich neulich beizulegen vergessen. Sie ist mit Fleiß sehr populair gehalten, wurde aber von Goethe ganz vortrefflich gehalten. . . Vielleicht können Sie mehr Kuxe absetzen. Sie werden sich bei Goethe einen gefälligen Namen damit machen, und er ist wirklich ein Mann, dessen Liebe kein edles Herz zu erwerben sich schämen darf. Je näher ich ihn kennen lerne, je mehr innere Güte entdecke ich an ihm . . . Für gute Sächelchen im T. Merkur schaffe ich sicher einiges Honorarium, wiewohl ich es zu bestimmen vorher nicht wage . . Schicken Sie mir je eher je lieber etwas, ich will es aufs beste besorgen. 12. März 84.

— Meine Harzreise sinkt immer mehr von ihrer Wahrscheinlichkeit herab. Goethe ist auf 5 bis 6 Wochen verreiset; so lange

— Herr G. R. v. Goethe interessirt sich vor den jungen Hunnius, den Hammerdörfer mitgebracht hat. Dieser Mensch ist allenthalben verlassen und ich fürchte, er betritt am Ende auch das Theater, wie sein Bruder that. Und doch hat er Fähigkeiten. Sollte es keine Gelegenheit geben, ihn wo als Hofmeister anzubringen bei irgend einem adeligen oder bürgerlichen Delphin des festen Landes? Oder sollte es sonst einen Anlaß geben, ihn wohin zu spediren um ein honettes Tagelohn? Er scheint viel und mancherlei, aber nichts Ganzes zu wissen. Griechisch, Latein, Englisch, Französisch, deutsche Verse, Statistik und deutsches Recht ravagirt in seinem Kopfe herum. Er geigt, singt, ficht, spielt die Harfe und tanzt. Das wäre etwas für einen Cur- oder Liefländischen Hofmeister. Dazu kommt, daß er ein glattes Kerlchen ist. O, ich bitte, helfen Sie mir diesen Garçon anbringen, daß er kein Landläufer wird. Sein Vater ist Amtmann in Capellendorf und kann ihm jährlich kaum 2—3 Körbe Kartoffeln geben. Er wird zu Ihnen kommen und nachfragen, ob Sie etwas an mich zu bestellen haben. Da besichtigen Sie dieses Genie. Ich habe ihn heißen einen Aufsatz machen und mir schicken. 16. Febr. 89.

— Daß Freund Schiller reussiren würde, hoffte ich mit Zuverlässigkeit; daher erfreute mich gleich die erste Nachricht von seiner Transplantation nach Jena . . Der Herzog von Würtemberg will nunmehr auch den Herrn Paulus folgen lassen, mit Vorbehalt ihn nach Befinden wieder zu rufen. 12. Jun. 89.

— Ich bin 6 Tage verreist gewesen, habe auch einen schönen Tag in Lauchstädt zugebracht, wo es mir ganz wohl gefallen hat. Aber gelehrte Bekanntschaften waren so eben nicht zu machen. Die Einrichtungen sind recht gut; es ist in Allem mehr Adresse und Speculation als in Carlsbad. Nur daß die Carlsbader Quelle nicht da ist Die verläßt sich auf ihre gerechte Sache, ohne geschickte Leipziger Küper zur Bedienung aufzustellen. 20. Jul. 89.

— Von Herrn G. R. v. Goethe habe ich Ihnen ein Compliment mit folgender Bitte vorzutragen. Er will den jungen Facius aus Gera (ein gelernter Kaufmann, der sich mit innerer Furie der Sculptur widmet) gern mit Döll *) bekannt machen, um ihn von demselben etwas profitiren zu lassen, da er selbst schon so weit gekommen . . Es käme darauf an, ihn an H. Döll zu empfehlen und ein solches Empfehlungsblatt glaubt H. v. Goethe von Ihnen erlangen zu können. Ist es thunlich, so schreiben Sie es.
22. Aug. 89.

— Die Vicepräsidentschaft des Herrn Gener.-Super. Herder wird Ihnen gefreut haben, aber es sind auch 400 Thlr. Besoldungszulage dabei. 1. Sept. 89.

— Herr Behagl v. Adlerskron, ein liefl. junger Edelmann, stand einige Jahre bei der Garde in Petersburg bis zum Rang eines Capitains, wozu er nun in die Armee eingeschichtet werden müßte, wenn er den Dienst fortsetzt. Die Besorgung einer Erbschaftsangelegenheit hieß ihn nach Deutschland reisen, wo er ein Jahr lang sich aufgehalten. Hier hat er alle Lust verloren, den russischen despotischen Militairdienst fortzusetzen. Er will was Nützliches lernen, um auf irgend eine Art sonst sein Fortkommen zu befördern. Seine Mutter lebt noch, die damit vorerst nicht recht zufrieden ist. Obgleich sie ihre Unterstützung noch vorenthält, hat er doch 150 Thlr. zu verzehren. Er will unter dem Namen Le Bon studiren, damit ihn die liefländische Landsmannschaft nicht zu

*) Geschickter Graveur in Suhl.

Schaden seines Fleißes und Beutels kennen lerne. Er wählt Jena, um dort wirthschaftlich auszukommen. Er schreibt und spricht Russisch und Französisch, drückt sich auch deutsch gut aus, hat Cadetten-Vorkenntnisse von Mathematik, Zeichnen ꝛc., aber — kein Latein. Guter Kopf, viel Einbildungskraft und eine ungeheuere Begierde zu lernen begleiten seinen Entschluß. Nur weiß er selbst noch nicht, was er lernen soll. Er ist ein Original, das nicht unwürdig ist geleitet zu werden. Er bedarf Privatunterricht im Lateinischen. Lernen wird er was möglich ist, dafür bin ich gut. Das Incognito kann ihn doch nicht beim Inscribiren schaden? Er will Mathematik, Universalgeschichte, Naturrecht und Logik hören bei Voigt, Schiller, Hufeland, Reinhold, und übrigens so still als möglich leben . . Wollen Sie sich seiner annehmen? Ich bitte darum. Empfehlen Sie den braven Menschen unsern Freunden. Sein Vertrauen auf Sie wird uneingeschränkt sein und er Ihnen schlechterdings folgen; aber Verschwiegenheit müssen wir über ihn beobachten. (1. Nov. 89.) . . Sollte es wider die Gesetze sein können, unschuldiger Weise einen andern Namen zu führen aus guter Absicht?*)

— Hier fragt man mich allenthalben, ob Schiller nicht heirathe. Ich sage aber daß ich nichts davon weiß, wie es denn auch ist. Redet man denn in Jena auch davon? Wozu solches Geschwätz? 20. Nov. 89.

— Dem Herrn G. R. v. Goethe waren die Erläuterungen sehr angenehm, die ich ihm von Ihren puncto der academischen

*) „Gustav v. Adlerskron, ein Liefländer, der besonderer Familienverhältnisse wegen unter einem angenommenen Namen in Jena studirte, zeigte einen so anhaltenden Eifer und eine solche Umsicht und Zartheit in Schillers Wartung (— bei dessen damaliger gefährlicher Krankheit —), daß er diesem sehr werth wurde und immer als treuer Hausfreund angesehen blieb." Schillers Leben, verfaßt aus Erinnerungen seiner Familie ꝛc. Stuttgart, 1830. 2. Bd. S. 77.

Politik im Recensionswesen überbrachte. Er hielt sich versichert, daß ohne Unwahrheit und ohne Schmeichelei eine prudente Mittelstraße immerfort übrig bleiben werde und trug mir auf mit seinen Complimenten Ihnen zu danken. Meine schriftliche Relation über diesen Punkt ist zugleich an die weitere Behörde gegangen. Nun ist auch Goethes sechster Band erschienen! Er wünscht sehr, daß der gelehrte Congreß nach Eisenach verlegt werde*). Dort könne das nöthige Wildpret, Holz für Küche, Saal zur Versammlung 2c. höchsten Orts leicht ausgewirkt werden. Freie Logis sind genug in der Stadt außer den Gasthäusern. Die ganze Hofsuite hat vielmal da gelegen. Wenn man 10—12 Tage vorher Nachricht hat, kann Alles herrlich eingerichtet werden. Der Herr G. R. v. Goethe meint, daß es wohl gut sei, erst die Sentiments eines Theils der Gelehrten, die Lust haben zu kommen, abzuwarten. Alsdann kann man überlegen, wie man am besten den Vorschlag ins Mittel brächte. Er säh gern, daß Sie ihm auch einen Brief geschrieben hätten. 16. Febr. 90.

— Damit Sie dem Rufe nach Erlangen nicht folgen, ist Ihnen vielleicht hier eine ordentl. Professur auszuwirken. Zur Vorbereitung dessen schreibe ich heute an den G. R. v. Goethe nach Schlesien. (Jul. 90.). — Den Herrn G. R. v. Goethe habe ich um seine Verwendung gebeten. (13. Aug. 90.). — Ich schrieb wegen Ihrer Sache noch einmal an Herrn G. R. v. Goethe. 19. Aug. 90.

— Meinen Dank für das angenehme Geschenk Ihres „Naturrechts". — Die mitgesandten Exemplare (v. Hufelands „Naturrecht") sind abgegeben worden bis auf das für Herrn G. R. von

*) Jedenfalls nur eine Versammlung von Gelehrten aus Jena, Weimar 2c., die namentlich bei der Allg. Lit. Ztg. betheiligt waren und sich wegen derselben besprechen wollten.

Goethe. Sobald er zurückkommt, welches zu Ende künftiger Woche geschehen wird, soll er es auch haben; denn da wird Serenissimus auch wieder kommen und da wird gerade das Schloßdach gerichtet werden, wozu ich jetzt in Knittelversen dem Zimmermannsgesellen eine Rede machen will, die er vom Dach herab predigen soll . . Ihre Sache liegt wahrscheinlich in der Comunication mit den Höfen. Jener Mechanismus ist ein wenig langsam. Herr v. Goethe schrieb mir aber, daß der Herzog günstig für die Angelegenheit gesinnt wäre . . Unsern Hofrath von Mandelsloh verlieren wir auf Weihnachten; er geht als Stiftsrath nach Zeitz. Ich verliere ihn mit Bedauern unter meinen Collegen. Er war durchaus gerade und gut, ein sehr tüchtiger Theoretiker, der immerfort studirte und schon viel Routine hatte. Einen jungen Juristen würde der Herzog brauchen können, doch das muß man den Göttern überlassen nach Wielands Sprüchwort. 2. Oct. 90.

— Sie erhalten hier Exemplare der Ilmenauer Nachricht. Herr v. Goethe hat diesmal die Feder geführt, ich habe nur die Calculs berechnet, welches freilich eine weitläufige Arbeit gewesen, die mir auch Niemand vorarbeiten konnte. 13. M. 1791.

— Herr v. Goethe ist sofort von der Sache (— einem Rufe nach Halle —) benachrichtigt worden. Herr v. Goethe sagt: „ich will es dem Prof. Hufeland gar nicht verdenken, wenn er suchet was die Höfe für ihn thun wollen; rathen Sie ihm nur, seine Geistesfreiheit äußersten Falls recht theuer nach Berlin zu verkaufen, daß es ihm nicht gereut, wenn er in der Folge zu Halle geschulmeistert wird." Also würden Sie nach Eisenach und Gotha Ihr Schifflein auslaufen lassen müssen. Es ist nicht gut, daß wir in dem jetzigen Moment gerade nicht eben in sonderlichem Vernehmen mit Gotha stehen. Mir thut die bloße Furcht, Sie zu verlieren, schon sehr leid; ich habe sonst keinen Gemüthsfreund in Jena.

(29. Mai 91.) — Weiter bitte ich noch: lassen Sie es hin und wieder auf Etwas nicht ankommen, ehe Sie das fumose Halle für Jena wählen; spornen Sie die Gothaer an. Vielleicht geht Goethe in Kurzen nach Gotha und Eisenach und spricht davon (18. Jun. 91.) Ihre Sache hat heute einen abermaligen beifälligen Vortrag erhalten; ich wüßte nicht, wie ich an dem guten Erfolge zweifeln könnte. 22. Jul. 91.

— Sie sind von mir und Herrn v. Goethe eingeladen, d. 2. Decbr. Freitags, Nachmittags 5—8 Uhr unsere kleine Vorlesungsgesellschaft zu besuchen. Eine kleine Abhandlung, etwa ein geschriebener Bogen oder etwas mehr oder weniger, über die verschiedenen Gesichtspunkte, aus denen die Geschichte bearbeitet werden kann, würde sehr willkommen sein. Kann es sein, so essen Sie Mittags bei mir; den Abend sind wir vielleicht bei Bode. Ich höre, daß es wieder im Plan ist, Schlägereien und Ehrensachen einiger Studenten zur Anzeige zu bringen. Es hat dies einige mal bei den Höfen Abneigung gefunden und ich glaube, daß das Contre mehr Grund hat. Gleichwohl wäre jedes Mittel, diese albernen Duelle zu zerstören, erträglich, wenn es auf der andern Seite nicht gar zu wunderliche Folgen hätte. — Der Gedanke über die franz. Constitution zu lesen, scheint mir sehr erheblich zu sein, da man Warnungen damit verbinden könnte. Das wäre ein Gespräch mit dem Herzoge, der für Sache des Menschenverstandes ist, aber doch auch die Monarchie nicht ganz ablegt. 17. Nov. 91.

— In den Jenaischen Schlägerei-Affairen kann die sogenannte Constitution Nutzen haben und insofern bin ich ihr, als bloßes Privat-Institut, nicht entgegen; aber eine gesetzliche öffentliche Gesellschaft, eine rechtliche universitas personarum daraus zu machen und die Studenten zu einem gesetzlichen Ehrengericht zu ziehen, fiel mir sehr auf, indeß habe ich auf alle Fälle die äußersten Linien entworfen, in welche ein dergl. Institut nach meiner Meinung beschrieben werden muß. . . Ihre Abhandlung kann auch in zwei oder mehr Theile getheilt werden und es muß auf einen Bogen mehr oder weniger nicht ankommen. 29. Novb. 91.

— Ich will heute hören, was der Herzog zum preuß. Verbote der Allg. Lit. Ztg. sagt. Oeffentlich sich der Sache anzunehmen, sehe ich zur Zeit keine Wahrscheinlichkeit, da man gleichsam die Albernheit anklagen müßte. 12. Feb. 92.

— Ihre Revolutionsbogen hat mir der Herzog nicht wieder gegeben, aber Ihren Zweck und Manier hat er gebilligt.
30. März 92,

Aber ums Himmels Willen, wie konnte man in der jetzigen Crisis, an einem müssigen Sonntage, eine solche Feierlichkeit gestatten mit Vivatrufen in der Nacht, mit Kanonen, mit Herumziehen über die Straße! Daß die lüderlichen schlechten Kerls diesen Moment ergriffen, um einen Streich auszuführen, war so natürlich als sonst etwas. Der Herr Prorector declamirte hier vor acht Tagen noch sehr gegen die Johannisfeier und nun erlaubt er eine öffentliche Feier zweier Landsmannschaften! Was ging uns das Krönungsfest in Ungarn an? . . Doch die Sache ist geschehen; die Fama davon wird fatal, aber dem Orden auch tödtlich sein. Serenissimus werden, was die Sicherheit betrifft, Vorkehrungen nehmen und zwar heute noch. Das vorläufige Belobungsrescript der Union wird wohl bei der Academie sein; aber sind denn die Herrn Unionisten nicht betreten über diese groben Flegeleien? Und giebt es kein Mittel (ohne zu hetzen oder den Einen gegen den Andern zu bewaffnen), was die Ordensmänner mehr in Aufsicht hielt von jener Seite. Sobald sie sich des Anzeigens und Verrathens zu fürchten hätten, sollten sie wohl nicht Lärm anfangen. Es war Feuer in eine Pulverkammer geworfen, daß man den Ungarn und Siebenbürgen die Feierlichkeit mit öffentlichem Aufzug gegen Abend erlaubte. Ich sorge, der Herzog wird Vorwürfe austheilen. Das Gegengewaltbrauchen hat auch seine Schranken; wer läßt Feuer geben auf junge Leute? Das würde nur übeln Ruf geben .. Man erwartet den förmlichen Bericht der Academie, um das Weitere anzuordnen. 11. Jun. 92.

— Ich denke wohl, daß die abgesandte Commission ihre Schuldigkeit thun soll. Außer dem bei sich habenden Husaren-Commando von 12 tüchtigen Kerls, die es mit Ihren Eisenfressern aufnehmen werden, ist Anstalt getroffen, außer der Bauernfolge noch andere militairische Unterstützung zu verschaffen .. Ich denke immer die Wartburg soll etwas davon tragen, wenn die Herren so kühn sind, wie es heißt, daß sie Trotz bieten und nicht weichen wollen .. In Gotha werden sie sich freuen über den schönen Herrn von Wangenheim, der sich à la française hat berühmt machen wollen. Wenn sie nur noch einen Polizeikopf in der Stadt auf der Stange herumgetragen hätten! Indeß haben Sie Recht, daß dieser Vorgang am Ende zum Vortheil der Academie gereichen muß, wenn wir rein auskehren und die Räuber und Mörder fortjagen können. Herr v. Wangenheim soll sich schon retirirt haben. Melden Sie mir ja was vorkommt, ich muß hier doch die Sache vornämlich dirigiren. 13. Jun. 92.

Mit Fleiß habe ich Ihnen nichts von dem Einmarsch der Jäger gemeldet. Sie konnten so dreist ignoriren .. Ich will hoffen, daß Sie mit unserer wirklichen und thätlichen Demonstration nicht unzufrieden sind. 16. Jul. 92.

— Der Friede ist geschlossen und die Herrn Pilgrime*) kehren Montags früh zurück. Man hat zur Hebung ihres Miß- (oder Un-) Verstandes ihnen von Seiten des Ministeriums die Erklärung thun lassen: 1) Das Militair sei nicht zur Beleidigung der wohlgesinnten Studenten, sondern zur öffentlichen Sicherheit nach Jena verlegt. 2) Es sollen die Ordres wiederholt werden, daß das Militair gegen die Studenten bescheiden und ruhig sich betrage. 3) Nach Beendigung der Tumultuntersuchung und hergestellter Sicherheit sollen die Jäger, wie man von Anfang willens gewesen, wieder weggenommen werden. 4) Was seit dem Tumult, außer der Tumult-Angelegenheit vorgefallen, soll ignorirt werden. 5) Wenn die Tumult-Untersuchung vorbei ist und die Strafen vollzogen sind, sollen die öffentlichen Lustbarkeiten wieder erlaubt werden. 6) Den Studenten ist unbenommen, ihre angeblichen Beschwerden bei der Commission gehörig anzubringen, und um diese Beschwerden inzwischen anzunehmen und der Commission vorzulegen, soll ein Interims-Commissarius ernannt werden, den die Studenten vorschlagen mögen. 7) Dagegen sollen die Studenten ruhig und bescheiden und still wieder heimgehen.

Somit haben wir die Geschichte hoffentlich beendigt . . Die Herrn Deputirten hier waren sehr zerknirscht. Nun wird wohl ein lustiger Einzug erfolgen und ich denke, es sollen sich gute neue Gesetze machen lassen . . .

— Mit den Unmündigen und Verführten kann man doch nicht anders als mit einiger Menschenliebe umspringen, da vielleicht kaum 20 eigentlich boshafte Kerls und Anstifter darunter sind. 22. Jul. 92.**)

— Die französischen Affairen werfen unsere Denk- und Preßfreiheit in Deutschland auf manche Jahre wieder zurück. Jeder

*) Die Studenten hatten Jena verlassen.
**) S. „Authentische Nachricht von dem Studentenauszuge“.

Fürst und Herr lauert und will gleich anfangs nichts aufkommen lassen, was Landesreligion und Unterwürfigkeit zu beeinträchtigen scheint. Etwas ist auch an der Sache, wenn man nur darauf denkt ruhig schlafen zu können. Daß gerade Schmid in Gießen jetzt das Buch „de 3 imp."*) drucken ließ, war gar nicht klug in seiner Lage, aber was hilft das Hinterdreinreden! Helfen soll man, so weit man kann, einem so trefflichen Manne. Das politische Verhältniß scheint dieses hier unmöglich zu machen. Seit dem Marsch der Preußen ist die Aristocratie mächtiger als jemals, sie ist sogar intolerant geworden. Man muß die Sache so eine Weile hinhalten. Gesetzt, daß Schmid auch völlig Recht geschieht im Urtheil des Verstandes, so wird doch die jetzige Politik ihm Unrecht geben. Daß man hier Jemanden, der vom Darmstädter Hof verfolgt wird, öffentlich in Schutz nehme (was durch eine Berufung geschehen würde), daran ist nicht zu denken. Es müßte in allen Fällen erst Gras über die Sache gewachsen sein ... Die jetzige Anarchie unter den Studenten (in Jena) wird sich hoffentlich geben. Was Sie von Gerichtsbarkeit und Disciplin sagen, ist sehr richtig, aber wie würde es einem Manne gehen, der solche administrirte! Wie würde man ihm die tausend unmündigen Menschen von 17—19 Jahren auf den Hals hetzen! Er müßte ein Halbgott sein, wenn er dieser Kabale entging. Und wie läßt sich das arme junge Volk leicht einnehmen! 28. Jul.

---

*) Prof. Eberhard Schmid selbst schreibt unter dem 26. Aug. 92.: ich soll zu frei geschrieben haben. Es ist ein Gutachten von unserer theol. Facultät gefordert worden. Was von diesen heiligen Ignoranten und resp. Jesuiten kommt, kann nicht anders als böse sein. Der academische Senat hat eine Nase vom Hofe bekommen, daß er nicht peinlicher mit mir und (dem Verleger) Krieger verfahren. Den Inhalt des theol. Gut- oder vielmehr Bösachtens kenne ich theils a priori, theils aus den Folgen. Dahin gehört das Kanzelverbot, welches nicht blos mir zugeschickt, sondern, um den Eindruck recht schlimm zu machen, im ganzen Lande an alle Pfarrer übersendet worden, so daß ich nun hier ein berüchtigter und verdächtiger Mensch worden bin .. Aus dem Verhör ersehe ich, daß ich auch als Theilnehmer an den französischen Unruhen angeschwärzt worden ꝛc."

Ich muß Ihnen vertraulich einen Auszug mittheilen aus einem Briefe vom Herzog aus Verdun vom 4. Septbr.

„Für Hufelands Ruf würde es gewiß besser sein, wenn er seine „Vorlesungen*) drucken ließe und selbst für den Ruf der Academie, „indem doch sehr zweideutige Urtheile über das bewußte Collegium „gefällt worden sind und mir zu Ohren gekommen. Selbst die „bloße Anzeige der Hamburger Zeitung ist voll Gefährde, da die „Welt gewöhnlich aus Bequemlichkeit und aus Neigung immer das „Böseste zu glauben gewiß nicht urtheilt, daß Hufeland die franzö„sische Revolution verwerfe. Uebrigens haben Sie nur keine Sorge, „daß unsere faits den Despotismus erheben oder die Denkfreiheit „hindern werden; die Einschränkung aber, die entstehen wird, ist „diese, daß Gelehrte, die ihr Lebtag mit Administration von Län„dern, ja eines Bauerngutes nichts zu thun gehabt, nichts davon „practisch verstehen, weil die Administration nur durch Erfahrung „erlernt werden muß, mithin dergleichen Gelehrte nicht auf leere „Abstractionen hin Grundsätze in die Welt bringen mögen, die „nur wahr scheinen, weil sie so wenig wie Gespenstergeschichten „juristisch widerlegt werden können, und daß also dergl. Gelehrte „sich nicht wie N. N. künftig für Lehrer des Volks und der Regen„ten ansehen mögen und jeden Gedanken, den eine Indigestion „supponirt, für einen innern Beruf ansehen mögen, das Volk ge„gen scheinbare Bedrückungen aufzurufen und Regenten neuerfun„dene Pflichten einzuschärfen. Ein jeder Gelehrte wird also besser „bei seinem Leisten bleiben und sich nicht einbilden dürfen, daß, „wenn er gewesen, die Sachen ganz anders gehen würden &c."

14. Sep. 92.

— Ueber Serenissimi Meinung, wegen Preßfreiheit, ließe sich wohl pro und contra disputiren; aber daß es in Sachen des Volkes nicht gut sei (wegen des Mißbrauchs) alle Abstractionen von

*) Die oben erwähnten über die franz. Constitution.

Menschenrechten und Gleichheit dem Volke als unverjährbare Befugnisse, die es nun geradezu reclamiren könne, vorzustellen und hierzu die Preßfreiheit zu benutzen, das ist wohl richtig genug. Ich will lieber alle Jahre die Hälfte meiner Kunst- und Grunderzeugnisse für den Staat hingeben und mit dem Ueberrest in Sicherheit leben als in der Willkühr des großen Haufens stehen, auf welchen ein Bösewicht mehr wirken kann als zehn brave Leute . . Die Freimüthigkeit der A. L. Ztg. zu modificiren rathe ich nicht aus Gefühl eines Unrechts, das sie beginge, sondern aus Vorsicht, um nicht ein Opfer davon zu werden und um die Lebenstage dieses trefflichen Instituts möglich zu verlängern. —

Aus Ihrer ersten Vorlesung wünsche ich wohl das verwischt*), was eine allzulebhafte Billigung des franz. Aufstandes sein möchte, oder gar als eine Aufmunterung angenommen werden könnte, diesem Beispiele nachzufolgen. Wenn der Historiker in Betrachtung zieht, wie alles so natürlich zuging und wie die Fehler des Ministeriums eben so seht dazu halfen, als die Gewalt eines bestochenen Pöbels, und wie man im Nationaltaumel damals kaum wußte, was man that, so mindert sich die große Bewunderung der Angelegenheit. Sept. 92.

— Hier kommen Ihre Hefte zurück; ich habe nur ein paar mal etwas angestrichen was einer Milderung werth schien. Sie haben in der That nicht den Demokraten, sondern den Wahrheits-Freund gespielt, der des Volkes Druck nicht palliirt, oder auch auf die unächten Mittel zu dessen Abhülfe das Licht fallen läßt. Und das, denke ich doch, sei mehr als jemals nöthig seitdem die Metaphysik in Frankreich sich in Blutdurst verwandelt hat und weder Sicherheit des Lebens noch des Eigenthums mehr vorhanden ist, denn beides kann dort der elendeste Bube vom Volk jedem braven Menschen streitig machen. Die Philosophen oder Anhänger der Constitution

*) Für den Druck.

sind grimmig über die vormalige üble Behandlung des Volks (z. B. Bode darüber, daß Damiens durch Pferde zerrissen worden) und vergessen darüber, daß dem Volke nicht Alles gegeben werden darf, um nicht von ihm zerrissen zu werden. Die Royalisten oder Freunde der Monarchie lassen sich durch die Volksgräuel allzu sehr echauffiren und wider die ganze Nation einnehmen ꝛc. . . . Daß dieser Krieg ein ungeheueres und gefährliches Werk ist, wissen wir alle, daß aber Oesterreich und Preußen von einem Feldzuge entnervt sein sollten, ist auch nicht recht zu glauben, wohl aber glaube ich, daß auf einen innern Krieg zu viel gerechnet und von den Emigrirten zu viel versprochen worden ist. Man soll daher jetzt die Prinzen wieder nach Trier zurücksenden wollen. . . Die am 16. d. M. vorgefallene Bataille muß nicht von großer Wichtigkeit gewesen sein, sonst wäre wohl schon eine Staffette nach Berlin durchpassirt. Es ist schwer unparteiisch zu urtheilen ohne eine gewisse Kälte und Ruhe des Charakters. . Aus einigen Beschlüssen der Nat. Versammlung schließe ich immer noch, daß der Mangel an Lebensmitteln eintreten wird. Und dann wird es darauf ankommen, ob die Armeen sich dennoch Zufuhren verschaffen können, besonders für die Cavalerie, auf welche doch das meiste anzukommen scheint. 27. Septbr.

— Glauben Sie wohl, daß man von Dresden aus uns auch Ihre Vorlesungen über die französische Constitution vorwirft? und daß man gegen einen ähnlichen Dozenten in Leipzig ein Exempel statuiren will? Dieses unter uns; aber man sieht wie der Revolutionsgeist auf der Gegenseite nur Intoleranz, statt kluger Nachgiebigkeit, hervorzubringen pflegt. . . Ich wollte wünschen, daß der jetzige Rückzug in Frankreich, der so ignominiös ist nach den Prahlereien die voraus gingen (es versteht sich, daß ich hiermit blos die Urheber des ersten Manifestes meine), der ganzen Kriegsgeschichte ein Ende machte, so hätten wir unsern Herzog wieder und bekämen keinen Reichskrieg! Aber ich fürchte bei dem Allen, daß die Sache damit keineswegs geendiget, sondern daß es auf eine Wintercampagne abgesehen sei. Die Könige sind verblendet und ein Feldzug hat doch noch nicht alle Kräfte erschöpft. Sie werden also glauben, nicht immer mit Regenwetter und Nachtstürmen kämpfen zu müssen als worauf dermalen die französische Tapferkeit beruht. . . Ob das Glück der Menschheit durch die neue französische Republik befördert werde, ist ein zweifelhaftes Problem; insofern man blos den alten muthwilligen und schändlichen Despotismus zum Gegensatz nimmt, möchte denn allenfalls die Republik ein kleineres Uebel sein. Aber daß sie ein Uebel ist in einem so großen Lande (nicht etwa wie in Hamburg, wie unser Bode immer calculirt), dies wird zeitig genug die Erfahrung zeigen sobald dieses frivole Volk sich selbst überlassen sein wird. . Die Berliner Geisterseher werden endlich handgreiflich empfinden müssen, daß Herzbergs Staatssystem mehr Verstand und Wohlthätigkeit für den Staat hatte. Ich denke, man wird zu guter Letzt dahin zurückkehren, aber die Furcht vor einer förmlichen Revolution à la française ist in diesem Staate wohl noch zu früh. Wie der Deutsche langsam auffaßt und langsam wirkt, so wird er auch langsamer toll wie der Gallier. Ich danke immer Gott, in diesem Volke nicht geboren zu sein. Serenissimi letzte Briefe sind vom 26. Septbr., wo die meinigen mit Ihrer Ankündigung noch nicht angekommen waren. Ich dächte nach der jetzigen Lage der Dinge schadete es nicht, wenn der Abdruck sich etwas verzöge. Vielleicht mildern sich auch die Sentiments der Großen in Deutschland... Ich freue mich darauf mit Ihnen über die jetzigen Vorgänge in der Welt ein wenig zu kosen; für uns in unserem kleinen Wesen müssen die dermaligen Ereignisse immer etwas Gutes hervorbringen, e questo basta! (16. Octbr.). — Wollen Sie mir doch den Aufruf zum Kreuzzug gegen die Franken bald mittheilen.

— Obgleich Regen und Wind die jetzige französische Campagne fruchtlos und den deutschen Mächten höchst nachtheilig gemacht haben, allerdings auch bei einer Forsetzung des Kriegs etwa eine Eroberung einer oder der andern Provinz, nicht aber eine Umgestaltung der politischen Lage von Frankreich, die nur durch innern motus noch erschüttert werden kann, hoffen läßt, so glaube ich doch, es sei eine Mäßigung der Urtheile nunmehr um so mehr nöthig, um nicht den Schein eines Spottes zu geben, der bitterer wirkt als Prophezeihung, und überhaupt besorge ich, die deutschen Mächte werden innerlich ihren Verdruß auslassen, den sie außerhalb ihrer Beherrschung nicht tilgen können. Die göttliche Vorsehung, die man zwar kaum mehr nennen soll, hat durch inclementiam coeli gewonnen und wir müssen mit Furcht erwarten, wie sie sich weiter den Zweiflern fühlen lassen wird. . Ich halte darum Frankreich noch nicht für glücklicher; der innere Wurm des Verderbens wird noch mehr Exempel in ihm statuiren als man jetzt im Taumel des von den dortigen Aristokraten auf sich geladenen nicht ungerechten Hasses glauben möchte. Bei dem allen ist es wahrlich nicht Zeit (für die gens de lettres im mindesten) zu Volksbewegungen beizutragen; selbst unsere inconsulten Demokraten in der Dienerschaft und dem pseudo-philosophischen Adel sind unvorsichtig genug, wie ich erst vom letzten Club höre, den ich darum nicht mehr besuche. So spricht man z. B. davon, daß man kein Reichscontingent zu stellen schuldig sei, daß man es durchaus versagen müsse und dergl. Dinge, die das Volk glauben lassen könnten, es gehe an sich hiervon los zu machen. . Und keiner versteht und kennt unsere wahre Lage... Der Einfall in Speyer ist zwar schon ziemlich vergangen, wird aber den leidigen Reichskrieg noch mehr beschleunigen. Und wer kann, äußerlich gerecht, dagegen etwas mit Grund einwenden? Die Franzosen respectiren die Reichsneutralität offenbar nicht und wodurch anders als durch Gewalt kann man sie respectirt machen? . . Die Besoldungszahlungen sind hier nicht sistirt, aber gehen langsamen Ganges und ich zweifle, ob die Jenaischen viel vor Weihnachten werden ausgezahlt werden. 16. Oct.

— Ueber den bewußten Aufruf einmal im Vertrauen mehr; inzwischen secretiren wir die ganze Affaire soviel wir nur können.

Wissen Sie schon, daß Weckherlin im Baireuthischen in Verhaft genommen worden? Man soll jakobinische Papiere und Aufträge bei ihm gefunden haben. Von diesem Brausekopf kommt es mir nicht ganz unwahrscheinlich vor. 19. Oct.

— Das geh. Conseil hat mir aufgetragen, mir den Umschlag zu jenem Aufrufe noch auszubitten. . Ist die Unruhe in Böhmen richtig, so kommt der Aufruf über Eger dort her und es scheint überhaupt eine österreichische Handschrift zu sein. . Sie werden selbst empfinden, welche Prudenz dazu gehört sich an meiner Stelle bei diesem Ding zu nehmen. Für meine Person würde mir in keinem deutschen Lande, wo ich lebte, und in keiner Revolution bange sein; ich bin weder Edelmann noch Volksverhaßter, aber daß die Folge von Revolutionen bei Hebung von Uebeln, die anderwärts nicht so unerträglich sind als sie es in Frankreich gewesen sein mögen, wenigstens für die erste Generation furiose sind und zehnfach größere Uebel herbeiführen das möge, wie ich wünsche, nie die Erfahrung in Deutschland bewähren! Der Adel ist ein kleines Uebel gegen den verworfenen Pöbel, der zu solchen Zeiten mit Sicherheit um Eigenthum spielt. 20. Oct.

— Custine läßt sich's im Residenzschlosse zu Mainz wohl behagen. Was diese Stadt, Stift und Klöster werden zollen müssen — wird eine feine Summe machen! Ich glaube, daß man den Churfürsten bis auf die Gräte ausschälen wird. Die Einwohner sollen auf die Capitulation gedrungen haben und ehe die Armeen da sein können, wird Herr Custine wohlbereichert sich in Sicherheit zu bringen wissen. . Unser Herzog ist wohl und gesund, das sagen Briefe aus Luxemburg vom 15. Oct. . . Dieser Krieg wird eine traurige Figur in der deutschen Geschichte machen. . Was die Cabinette in Wien und Berlin thun werden, bin ich begierig. Ehe der Kaiser Brabant aufs Spiel setzt, wird er endlich wohl den letzten Ludwig verlassen müssen. 25. Oct.

— Eben erhalte ich einen Brief vom Herzoge, der aber schon 14 Tage alt ist. Unter andern schreibt er mir: „Die Ankündigung zu H . . Vorlesungen ist recht gut und ich bin es zufrieden, daß sie so gedruckt werde." Diese Approbation wird indeß nicht hindern, wenn Sie einen andern Plan haben. In allen Fällen möchte es klug sein, den Abdruck der Vorlesungen aufzuschieben bis wir die französische Invasion los sind. . . Der Herzog schreibt mir, daß alle Generale der Cavalerie eine Zeitlang durch Krankheit dienstunfähig waren; also hätte er viel mit Commandosachen zu thun. Sonst merke ich, daß man ernstlich auf einen Frieden denke. Wenn nur der Succeß der Franzosen in Deutschland die Sache nicht erschwert und sie nicht auf Unterstützung einer Revolution in den Niederlanden denken. Da sie jetzt in Deutschland blos zum Beutemachen und Brandschatzen ausziehen und gute Magazine erobert haben, auch sich ohne einige Gefahr zu bereichern hoffen können, so ist's kein Wunder, daß ihnen Volk genug zuläuft. Es sollen ganze Horden von Bauern dabei sein. Ginge es vorwärts, um Feinde von Bedeutung zu attaquiren, so möchte der applausus mäßiger sein. Es geht alles sehr natürlich zu, nachdem man ihnen Thor und Thür offen gelassen. 27. Oct.

— Ich glaube täglich mehr, es sei noch ein Feldzug nöthig, um sich erleidlich aus dieser bösen Sache zu ziehen, ein Feldzug, wo man nicht mit einem coup de main angehen darf und wo man sechs Wochen gutes Wetter statt sechs Wochen Regen dazu bestellen muß, sonst sattle ich um und halte es mit der glücklichern Partei. Daß man Hanau, so nahe und so mäßig besetzt, noch nicht attaquirt hat, zeigt, daß der Herr Bürger Custine lieber dahin geht, wo mit aller Sicherheit Contributionen auszuschreiben sind. Ob man ihn aber demohnerachtet vor Winters aus Mainz delogiren werde, ist fürwahr eine zweifelhafte Sache. Die Brutalität seiner Canzlei (und seines persönlichen Benehmens) kann man sich lieb sein lassen, weil er so viel eher seines Zwecks verfehlt, die Deutschen zum Aufruhr gegen ihre Regenten zu reizen. So ist wenigstens die Wirkung in Hessen gewesen. 5. Novbr.

— Ich denke die Sache mit Prof. Schmid in Giessen soll nach und nach zu Stande kommen, was anfangs gar nicht so schien; ich habe Serenissimo die Sache vorgestellt und einen Fonds zu der Besoldung vorgeschlagen.

— Vom Rhein weiß ich nicht mehr als Sie. Es kommt auch nichts darauf an, ob einige hundert Mann Franzosen erschlagen werden oder nicht, da sie ihre Zahl durch soviel hungrige Mitläufer und Nachfolger zu ersetzen wissen so lang sie wie bisher ungestört thun können was beliebt.. Mir scheint es, als ob die preußische Armee so caduc wäre, daß sie keine Wintercampagne machen kann. Man hört gar nicht, daß Preußen oder Oesterreich mehr Truppen marschiren ließen, und die letzten sind nach Constanz zurückgegangen, haben auch den Breisgau offen gelassen. Alles das ist schwer zu erklären. 6. Nov.

— Ich denke jetzt soll die Giessener Sache nach Wunsch gehen, sobald Schmid auf das Diaconat und die Professur der Philosophie eingeht. Aber predigen muß er! Ich habe dieser Tage mit der regierenden Herzogin gesprochen. Sie hat mir alle Hoffnung gegeben und nun müssen wir alle Federn wirken lassen. 16. Nov.

— Hier glaubt man, die Studenten zu Jena wollten sich beim Convent in Paris eine sauve garde auswirken und demselben zugleich ihren Beifall bezeigen, ja es würden schon tricolore Cocarden bestellt, wenigstens nach dem nöthigen Bande dazu bei den Kaufleuten gefragt. Es sind das wohl nur Reden, aber haben Sie doch die Güte, ein wenig nachzuspähen, jedoch so daß dadurch nicht etwa erst dergl. Dinge ins Gedächtniß gebracht werden. 21. Novbr.

— In schlafloser Nacht fiel mir ein, was Sie mir von möglichen Abdruck meines Versuchs einer Uebersetzung des 3. Buchs der Aeneide sagten.. Ich will nicht hoffen, daß mein Name darunter gesetzt ist, außerdem bitte ich inständig, das Blatt auf meine Kosten umdrucken zu lassen und hierzu Herrn Hofrath Schillers Einwilligung zu erbitten. Ich möchte doch nicht gern über ein unschuldiges Spiel der Muse, dessen Reprehensibilität ich vor der kritischen Seite sehr gut kenne und bei der Nebenarbeit, die ich damit zu meiner Erholung trieb, selbst am besten empfunden habe, ernsthaft mitgenommen werden... In Frankreich haben also die Republikaner ihrem Stolz und Despotismus das höchste Opfer gebracht. Es ist merkwürdig, daß der größere Theil einer so zahlreichen Versammlung der Edlern und Bessern des Volks (denn diese Präsumtion muß sie haben) an diesem solennen Mord aus Geschmack oder Klugheit Antheil nehmen konnte. Die Verworfenheit des Charakters der Nation hat sich damit außer Zweifel gesetzt. Die politischen Folgen sind noch nicht zu calculiren, außerhalb können sie nicht vortheilhaft sein.. Der arme Ludwig ist als kein kleiner Mann gestorben und in der Geschichte wird er glänzen, während man sein Volk execriren wird. 1. Feb. 93.

— Bald wird Kalkreuth die Belagerung von Mainz commandiren. Unser Herzog bleibt bei dieser aus Oesterreichern und Preußen combinirten Armee.. Die Contrerevolutionen in den Provinzen, besonders in Bretagne, beginnen. Lassen Sie uns nun auch in Weimar und Jena ruhiger schlafen. 29. März 93.

— Prof. Schmid schreibt mir, daß er in einem paar Tagen von Giessen abgeht und zu Ende dieser Woche hier eintrifft.. Ich habe veranlaßt, daß unser Herzog seinetwegen an den Landgrafen von Darmstadt geschrieben hat... Mai.

— Aus Darmstadt hat man des guten Schmids ganzen Prozeß und wie ihm die Kanzel verboten worden, an das geheime Consilium hierhergeschickt und zu verstehen gegeben, daß die erhaltene Vocation nach Jena die Suspension (oder gar Remotion) unnöthig gemacht habe. Diese Vindiction hätte man ersparen können, ich habe genug zu thun, um dem armen Schmid nichts aufmutzen zu lassen. Es kann ihm zu Behutsamkeit dienen; warnen Sie ihn und sagen Sie ihm, daß man auch hier mit demokratischen Aeußerungen, seitdem die Franzosen toll für Freiheit geworden, kein Glück macht. Es ist wohlgemeint, so etwas bemerklich zu machen. Das Schiff unseres Freundes ist nun im Hafen eingelaufen; für dessen Sicherheit hat er nun selbst zu sorgen. 8. Juli 93.

— Jetzt noch eine geheime Frage 1. Ist wohl Fichte, selbst allenfalls mit Raths-Character zu haben? Er privatisirt in Zürich. 2. Ist er klug genug seine demokratische Phantasie (oder Phantasterei) zu mäßigen? (20. Decbr. 93.) — Ich habe auch Böttger vertraulichen Theil von der Sache gegeben, da wir ihn vielleicht gut dabei brauchen, und die angelegten Laufgräben nach der Festung durch ihn verlängern können. Ueber den Democratismus werde ich selbst mit ihm reden. (21. Dcb. 93.) — Ich habe Fichte ordentl. Honorarprofessur, 200 Thlr. Besoldung und Rathscharakter geboten, aber auch gesagt, daß dies alles ist was er zu erwarten hat. Sie werden ihm nun das Vortheilhafte seiner Lage schildern rc. 26. Dcbr. 93.

— Fichte will sogleich derb auftreten, um sich seines Rufes würdig zu machen; er will 3 oder 4 halbe Jahre so fortfahren ohne zu verreisen; er will sein neues System während seiner Vorlesungen noch umbilden rc. So werden wir also im Besitz der neuesten Philosophie bleiben und das Vorstellungsvermögen noch höher hinauf abstrahiren. (20. Feb. 94.) — Er will sich ganz besonders an Sie halten; benutzen Sie dies Zutrauen und berathen ihn, damit er nirgends Prise giebt, besonders helfen Sie, daß er die Politik, als eine danklose Speculation, bei Seite läßt. Seine gründlichen Urtheile und sein scharfsinniger Ernst haben mir sehr wohl gefallen und ich glaube gewiß, daß ein so scharf denkender Mann auch ein guter Mann sein müßte. (18. Mai 94.) .. Schreiben Sie mir noch, wie es mit Fichtes Applaus stehe. In Gotha ist man seiner Gesinnung wegen noch sehr besorgt. Da er alle Sonnabend von 6—7 Uhr sein Publikum lieset, so komme ich einmal, wenn wieder Mondenschein wird, um einen Zuhörer mit abzugeben (27. Mai 94.) — In diesen Tagen hat ein angesehener Mann aus Jena (Hofrath Krüger) die Nachricht herüber gebracht (an die Herrn Geheimräthe), daß Prof. Fichte öffentlich lehre: „in 20—30 Jahren gäbe es nirgends Könige oder Fürsten mehr!“ Sie können leicht denken, auf welche Art mir das gesagt wird, da ich gleichsam für Hrn. Fichtes Klugheit und Behutsamkeit habe caviren müssen. — Ich glaube, daß dabei eine alberne Schwätzerei vorwalte, auf die man wohl etwas thun sollte, um die Gelehrten nicht bei den Fürsten verhaßt machen zu lassen.. 13. Juni 94.

— Fast bin ich Willens, an Fichte selbst zu schreiben und ihn zu befragen, ob man ein sicheres Nein diesem Geschwätz entgegensetzen könne, weil mir daran gelegen sei, bei Serenissimo die gute Meinung für Fichtes Person und Charakter zu unterstützen.. Ich möchte gern einmal ein Loch in die Luftblasen machen. Es ist gar zu albern, daß man die Gelehrten des Sansculotismus beschuldiget, unter dem sie selbst zuerst fallen müssen, wenn ein solches Unglück über unsere Cultur einbrechen sollte. Ein besonderer Contrast bleibt es immer, daß die Mehrsten insgeheim dem Revolutionswesen zugethan sind, während sie, zuweilen auf die kleinlichste Weise, mit ihrer Eitelkeit an den Großen hangen.. Der Herzog ist mit Fichtes Bekanntschaft zufrieden, um so mehr sollte es mir leid thun, wenn er zu Mistrauen geführt werden sollte.

Goethe wird künftig mehr und länger in Jena sein, wenn es nur so artig dort bleibt, wie es jetzt ist. 18. Juni 94.

— Es sind mir einige recht angenehme Stunden gewesen, die ich bei Goethe mit Fichte zugebracht habe. Ich hoffe, er soll mit uns zufrieden sein, so wie ich ganz gewiß mir viel Gutes verspreche. Er ist ein sehr gescheuter Mann, von dem schwerlich etwas Unbesonnes oder Gesellschaftwidriges kommen kann.. Ist nur erst Friede, so wird mancherlei Gutes zum Vorschein kommen, wenigstens bei uns. 29. Juni 94.

— Ich vernehme insgeheim, daß Fichte seine Beiträge zur Beurtheilung der franz. Revolution in einer 2. Auflage liefern soll. Es wäre mir doch leid für ihn; alles was er damit für Beutel und Eitelkeit gewinnen kann, ersetzt ihm nicht was er damit zu verlieren wagt. Warum ist er über so etwas nicht vertraulicher — mit Goethe, mit mir, den andern Freunden? Rathen Sie in der Stille was zu thun ist. 10. Oct. 94.

— Es thut mir leid, wenn Fichte Geld verlieren sollte durch seine Selbstverleugnung. Der Hauptpunkt ist doch der: daß wir uns, da er einmal als Verf. allgemein bekannt ist, nicht noch gar nachreden lassen wollen, daß, während er Lehrer in Jena war, dergleichen Revolutions-Grundlagen von ihm aufgeführt werden sollen. Ich sorge, nach meinen Nachrichten aus Dresden, Gotha rc., daß man die Sache auf eine sonderbare Art zur Sprache bringen werde, wenn Einer unserer Jenaischen Lehrer so etwas herausgiebt. Nun glaube ich gar wohl, daß Fichte dabei sehr furchtlos und gleichgültig sein würde, aber wir Andern können es nicht sein, die wir gern ungeneckt leben und auch Jena nicht verschreien lassen wollen. In den Cabinetten geht es überhaupt mehr über die Schriftsteller her als man von außen glauben kann und jeder Anlaß würde benutzt werden, unsere angebliche Jacobinerei zu verschreien. Ich traue gewiß unserm Fichte zu, daß er auch uns zu Liebe etwas thut, gesetzt auch, ihm wären seiner Selbst wegen alle besorglichen Folgen gleichgültig. 20. Oct. 94.

— Betreffend Fichte, so wünscht auch Herr v. Goethe sehr, er leihe seinen Namen oder auch seine Anonymität (die so gut als Name ist) vor der Hand zu keiner neuen Auflage der Beurtheilung. Er glaubt, daß dieses selbst damit übereinstimme was Fichte bei seiner ersten Unterredung mit ihm verheißen habe. Dieses sagt er mir ganz vertraulich und ich weiß nicht, ob wir davon gegen F. Gebrauch machen können; indeß ist dieses damals auch dem Herzog von seinen Freunden zugesichert worden, die also gewissermaßen compromittirt werden, wenn er Antheil an der Herausgabe jener Schrift nimmt. 25. Oct. 94.

— Herr G. R. v. Goethe ist, was mich gefreut hat, für Sie und Ihr Haus sehr freundlich gesinnt und hat mir von der Vorlesung seiner Epopee, die er in neuerer Zeit zu verlegen gewagt hat, erzählt. Schreiben Sie mir etwas von dem Gegenstande und Inhalt dieses Phänomens*), worüber ihn zu fragen der Anlaß durch Nebendinge mir abgeschnitten wurde. 9. Nov. 96.

— Die Anti=Xenien sind platt genug und vielleicht mehr ärgerlich für die Freunde der Xenienschreiber als für sie selbst. Die Recension der Hexameter in der Hamburger Neuen Zeitungsbeilage war denn als Ironie doch erträglicher als die Leipziger Grobheit. Mir graut davor, wenn Freund Nicolai erst auftreten wird. Es sollte mich wundern, wenn die Gothaer so ganz ruhig bleiben. Alles das hat man sich aber voraussagen können. 14. Decb. 96.

— Der Xenienkrieg bringt eine literarische Attake über Weimar und Jena, die wir hätten vermeiden können. 19. Jan. 97.

— Ich kam erst Nachts um 12 Uhr hierher zurück, da Herr G. R. v. Goethe sich spät noch entschloß in Jena zu bleiben, was ich unmöglich konnte und daher allein zurückfuhr. — Es gab bei Schiller noch**) allerlei poetische Unterhaltung, die mir wegen des Contrastes, mit welchem ein Geschäftsmann dergleichen Dinge anzusehen pflegt, angenehm war, denn diese vorsichtige Seite prävalirt denn doch immer, wenn man auch nicht ganz den unwissenschaftlichen Menschen angehört. 18. Feb. 97.

— Die erste Erholungspromenade, die ich fahrend machen werde, soll nach Ihrem Garten gehen, von wo ich die andern Garten=Götter (nicht Priapen) wie Schiller, Griesbach rc. ebenfalls anbeten kann***). Pfingsten 97.

---

*) Hermann u. Dorothea.

**) Nach dem Besuche in Hufelands Hause in Jena.

***) „Eine unwiderstehliche Lust nach dem Land- und Gartenleben hatte damals die Menschen ergriffen. Schiller kaufte einen Garten und zog hinaus, Wieland hatte sich in Oßmanstedt angesiedelt rc." Goethe, Annalen, 1797.

— Daß ich, als ich zurückkam, die Weltseele (Schelling) sofort promoviren helfen, wird Ihnen wohl recht sein. Er ist doch ein trefflicher Kopf. Um nicht lange erst auf Bedenklichkeiten warten zu müssen, hat der Herzog für diesmal sogleich rescribirt. (3. Jul. 98.). — Den Freund Schelling hat mir schon vor einem Jahre Fichte selbst aufs Stärkste empfohlen. Da jener seiner Philosophie in der Anwendung eine andere Richtung giebt als dieser, so denke ich, daß diese Ichheiten sich nicht aufheben sollen.
16. Jul. 98.

— Wollen Sie wohl (über das, was zu thun sein möchte, Sie für Jena zu erhalten und nicht nach Halle gehen zu lassen) dem Herrn G. R. v. Goethe, da er noch in Jena ist, auch etwas von der Sache vertrauen? **Er hat sehr oft einen guten Gedanken.** 21. Oct. 02.

Anhang.

Einige Recensionen Schillers.

Goldoni über sich selbst und die Geschichte seines Theaters. Aus dem Franz. übersetzt mit Anmerk. versehen von G. Schatz. Leipzig, Dyk, 1788.

Nachrichten aus dem Leben und der Bildung eines Schriftstellers, der beinahe 200 dramatische Stücke in Prosa und Versen geliefert hat und in der theatralischen Kunst seines Volkes als Reformator aufgetreten ist, müßten an sich schon jeden Freund der schönen Literatur interessiren, aber eine abwechselnde Mannichfaltigkeit von Begebenheiten, Anecdoten, Sittengemälden u. a. m., mit denen diese Lebensbeschreibung durchflochten ist, die beleuchtenden Blicke, die auf das Theaterwesen und den dramatischen Geschmack der Italiener darin geworfen werden, eine Menge geistreicher und interessirender Bemerkungen über die Sitten und das häusliche Leben der Italiener und noch ausführlichere Nachrichten aus Paris, eine leichte, lebhafte und fast dramatische Darstellung, ein characteristischer Vortrag, der uns in die Gesellschaft des Autors bringt und ihn besser schildert als alle seine Werke, die unverkennbare Sprache der Wahrheit und der Geist herzlicher Gutmüthigkeit, die durch das ganze Werk ausgegossen ist, machen es für Leser ohne Unterschied interessant und empfehlungswürdig. Ein zwei und siebenzigjähriger Greis erzählt uns hier in der angenehmsten Munterkeit die großen und kleinen Merkwürdigkeiten seines schriftstellerischen, häuslichen und gesellschaftlichen Lebens, und wenn er in der Wahl der letztern auch nicht immer streng genug gewesen ist, so sollte schon die naive Treuherzigkeit, die ihn einen so hohen Grad von Theilnehmung bei dem Leser voraussetzen läßt, ihm die Nachsicht desselben erwerben. Große Gesinnungen und eine philosophische Verläugnungsgabe darf man hier freilich nicht suchen. So muß man sich auch an eine reiche Masse von Autoreitelkeit, die oft ins Lächerliche, an eine gewisse Eigennützigkeit, die oft ins Armselige und Niedrige fällt, nicht stoßen, um diesen Character lieb zu gewinnen; aber ein weiches zartfühlendes Herz, die unbegrenzte Bonhomie, eine unerschöpfliche Quelle von fröhlicher Laune und eine seltne Billigkeit gegen fremde Verdienste geben ihm an unserm Wohlwollen wieder, was er an unserer Bewunderung etwa verloren haben mag. Seine Schwäche selbst, die er uns entweder mit Offenheit bekennt oder auch, ohne es selbst zu wissen, schildert und die man übrigens einem zweiundsiebenzigjährigen Greise sehr geneigt sein wird zu verzeihen, tragen vielmehr zum Interesse der Erzählung bei, als daß sie es schwächen sollten. Auch hat seine gefällige

Meinung von ihm selbst gar nichts von dem anstößigen, widrigen Egoismus, womit so viele weit größere Schriftsteller ihre Leser drücken, — eine Bemerkung, die sich dem Recensenten vorzüglich in dem XVI. u. XVII. Kapitel des III. Theiles aufgedrungen hat, wo unser Auter seine Zusammenkunft mit J. J. Rousseau beschreibt. Wie gern würde man einem Goldoni ein parteiisches Urtheil über diesen ihm so höchst fremdartigen Character verziehen haben und doch dürften wenige Leser sein, denen nach Lesung dieser Stellen der große philosophische Dichter neben dem italienischen Comödienschreiber nicht — sehr klein erschiene.

Der I. Theil des Werkes liefert uns die Schicksale des Autors bis sich seine theatralische Laufbahn ganz entschieden hat. Er war Arzt, Rechtsgelehrter und erhielt sogar die Tonsur in Pavia, aber sein innerer Ruf zur Bühne siegte über alle Versuche, die ihn derselben abtrünnig machen sollten. Dieser Theil erhält sehr schätzbare Bemerkungen über Venedig, Rom und andere Städte Italiens. Der II. Theil besteht beinahe ganz aus kurzen Zergliederungen seiner wichtigsten Stücke, der Geschichte ihrer Entstehung, ihres Glücks und ihres Falles. Im III. ist er in Paris und verbreitet sich mit vieler Ausführlichkeit und einer beinahe jugendlichen Wärme über alles Merkwürdige dieser seiner zweiten Vaterstadt. In einem IV. Theile will Schatz kritische Bemerkungen über Goldoni und seine Werke liefern.

Die Uebersetzung ist fast durchgängig leicht und fließend; hier und da freilich vermißt man sehr die angenehme Nachlässigkeit des Originals. Die Sprache könnte reiner sein. Sollte man wirklich für die Worte soupiren, geniren, Doctrin, apathisch u. s. w. keine gleichbedeutenden deutschen haben? Manchmal ist die Wortfolge undeutsch. Daß in der Conversationssprache sein Ton oft in das Gesuchte fällt, scheint der Uebersetzer selbst gefühlt zu haben und er sucht diesen Vorwurf der deutschen Sprache überhaupt zuzuwälzen, die sich nicht wohl anders, wie er sagt, von dem Extrem des Platten soll entfernen können als durch das entgegengesetzte Extrem des Künstlichen. Da Herr Schatz es wohl schwerlich mit so vielen unserer klassischen Schriftsteller wird aufnehmen wollen,' die von der deutschen edlen Geschäftssprache Muster geliefert haben, so kann dieser Vorwurf nicht wohl weiter als auf den Kreis des Umgangs sich erstrecken, den er selbst beobachtet hat und wenn ihm dieser keinen Mittelweg zwischen platt und gesucht zeigte, so war es immer ein wenig rasch, dieses Urtheil auf seine ganze Nation auszüdehnen. Wenn sich die deutsche Sprache auch von einer gewissen Classe Menschen, die schwerlich eine Prüfung darin aushalten dürften, diesem ebenso ungereimten als unverdienten Vorwurf machen lassen muß, so sollte man ihn wenigstens jetzt nicht mehr in die Welt hineinschreiben. Die hin und wieder eingestreuten Anmerkungen des Uebersetzers sind nicht ohne Gehalt und würden an Werth nichts verloren haben, wenn sie auch mit etwas weniger Anmaßung geschrieben wären.

(Allg. Lit. Ztg. 1789. I. Bd. S. 102 ff.)

Ueber dasselbe Buch schrieb er eine Recension für den Teutschen Merkur. Anzeiger. Junius 1788. S. LXIII.:

Goldoni, ein Schriftsteller, dem Italien einen reinen und regelmäßigen Geschmack im Dramatischen Fache verdankt, der, abgerechnet was man seinem Zeitalter und den Eigenthümlichkeiten seiner Nation zu gute halten muß, einer der fruchtbarsten und arbeitsamsten Köpfe war, die es gegeben hat, der während seiner theatralischen Laufbahn hundert und funfzig Schauspiele in Prosa und Versen geliefert und bis zu Gozzis unverdientem und kurzwährendem Triumph von den Italienern beinahe angebetet wurde, tritt hier auf und erzählt die Geschichte seines Lebens und die Art und Weise, wie er sich bildete und das wurde, was er theils war theils noch ist. Schon dadurch erhalten diese Memoires ein großes Interesse, daß sie ein zwei und siebzigjähriger Schriftsteller aufgesezt hat, der so unendlich viel während seinem Leben gesehen und erfahren haben muß. Außerdem aber haben sie noch diesen Vorzug, daß sie uns mit der Verfassung des Italienischen Theaterwesens bekannt machen, und andere kleine Nachrichten mittheilen, die die Erziehung und häußliche Lebensart der Italiener charakterisiren, und also, da sie zur Bestimmung ihres National-Charakters beytragen, nicht minder interessant und lehrreich sind. Seine Geburt schon kündigte ihn als einen künftigen dramatischen Schriftsteller an. Er wurde unter Festen, Komödien und Opern gebohren, die sein Großvater, der in Venetianischen Diensten bey der Handelskammer stand, seinen Nachbarn auf seinen Landgütern gab; und sein Vater trug das seinige dazu bey, diese Vorbedeutung in Erfüllung zu bringen, da er ihm in seinen Erhohlungsstunden durch Marionetten Unterhaltung zu verschaffen suchte, und dadurch dem jungen Geiste gleich in den ersten Jahren einen theatralischen Schwung gab. In seiner früheſten Jugend las er nichts als Komödien und Opern, und schrieb sogar schon in seinem achten Jahre eine Komödie, die so gut war, daß sie niemand für das Produkt eines achtjährigen Knaben halten wollte. Und so beherrschte ihn immer die Leidenschaft für das Theater, leitete ihn sein ganzes Leben hindurch, und führte ihn endlich nach Frankreich, wo er sich in einem sehr hohen Alter durch ein in französischer Sprache geschriebenes Lustspiel Ruhm, Achtung und Bequemlichkeit erwarb. Da in diesem Buche allenthalben Goldonis Dramatische Talente durchscheinen, da er alle seine Begebenheiten mit lebendiger Darstellung und einer ihm eigenen Laune erzählt und ausmahlt, und der Schauplatz der Handlung sich oft an den Höfen kleiner Theaterkönige, dem gewöhnlichen Sitz der Intrigue und Kabale, befindet: so können wir dem Leser von diesen Memoires eine sehr angenehme Unterhaltung versprechen. Auf diesen ersten Band sollen noch zwey andre folgen, die Goldonis Leben bis zu seinem achtzigsten Jahre, in dem er jetzt steht, beschreiben und eine Geschichte aller seiner Theaterstücke enthalten werden, und welchen Herr Schatz einen vierten von seiner eignen Arbeit: über Goldoni und seine Werke nachfolgen lassen wird. Die Uebersetzung ist (wenige Kleinigkeiten abgerechnet) überhaupt leicht und fließend. Rec. findet nichts daran auszusetzen, als daß zuweilen die Sprache zu sehr ins Gesuchte fällt, wenn sie natürlicher Dialog werden soll; welchem Tadel aber Herr Schatz dadurch auszuweichen sucht, daß er in der Vorrede sagt: um nicht platt zu werden, habe er diesen Fehler begehen müßen, weil unsre Sprache keine eigentlichen vertrauten Redensarten (façons de parler familières) enthalte. Rec. gesteht, daß er nicht recht begreiffen könne, was Hr. S. damit meyne, und daß eine ziemliche Anzahl anerkannter guter Schriftsteller, von Gellert und Rabener anzufangen, ihm einen sehr augenscheinlichen Beweis zu führen scheinen, daß es unsrer Sprache an façons de parler familières, die nicht platt sind, nicht fehle. Uebrigens sehen wir den folgenden Bänden mit Vergnügen entgegen. S.

Dya=Na=Sore, oder die Wanderer. Eine Geschichte aus dem Sam=Scritt übersetzt. 1787.

Oder vielmehr nicht aus dem Sam=Skritt übersetzt, denn, einige Namen abgeändert, läßt sich die Geschichte eben so gut nach Aegypten oder nach China als nach Indien verlegen. Wofür also diese Einkleidung, die nicht nur durch nichts unterstützt, sondern der beinahe auf jedem Blatte durch die gröbsten Versündigungen gegen die Sitten und Costüme von Indien widersprochen wird? Vier Söhne verlassen ihren Vater und ihre Heimath, um eine Wanderung zum Heiligthume der Vorzeit anzutreten, das Land der Wahrheit und Glückseligkeit zu suchen. Der Weg dahin ist eine beschwerliche und gefahrvolle Reise durch menschenleere Wüsten, Abgründe, über steile Gebirge und reißende Ströme; dieses giebt dem Verf. Gelegenheit, ein schreckliches Naturgemälde auf das andere zu häufen, deren Monotonie unendlich ermüdend ist, obgleich die Beschreibungen selbst Dichtergeist verrathen. Die Reise wird, wie man leicht denken kann, den armen Wanderern höchst sauer gemacht. Bald hilft ihnen eine kaum leserliche Inschrift, die sie von ungefähr finden, bald ein Eremit, der sich ihnen in den Weg stellt; ein Greis schickt sie zum andern (weil das Herumschicken einmal Gebrauch ist) und so treten in dem Buche vier oder fünf solche Greise auf, die alle einander wie aus den Augen geschnitten sind und so ziemlich das Nehmliche sagen. Die ganze äußerst einförmige und schlecht gehaltene Fabel dient einer reinen und schönen Sittenlehre zur Hülle, die ihr aber oft so gezwungen und oft wieder so lose angepaßt wird, daß sie weniger aufklärt als verdunkelt. Nichts beleidiget indessen mehr als die barbarische Durcheinandermengung des Abstracten mit dem Symbolischen oder der Allegorie mit den philosophischen Begriffen, die sie bezeichnen soll; in eben dem Augenblicke, da uns der Weg zur Wahrheit als eine Wanderung vorgestellt wird, hören wir darüber von dem Wanderer als über eine höchst abstracte Materie sprechen. Es fällt in die Angen, daß es dem Verf. überhaupt nur um ein Vehikel für seine Philosophie zu thun war; ob es paßte oder nicht, galt ihm gleich, und so entstand denn dieser Zwitter von Abhandlung und Erzählung, der durch eine fast durchaus metrische Prosa wo möglich noch ermüdender wird.

(Allg. Lit. Ztg. 1788, Nr. 103. S. 205.

Eine weitere Recension befindet sich im „Anzeiger des Teutsch. Merkur", Aug. 1788. S. XCVII.:

Leben des Herrn Valentin Jamerai Düval, Kaiserlichen Bibliothekars und Aufsehers über das Münzkabinet zu Wien. Aus dessen eigenhändigem französischen Manuscripte und den Memoires des Herrn Ritters von Koch übersetzt von Alb. Chr. Kaysser, Hochfürstl. Thurn und Taxischen Bibliothekar. Zweyte um die Hälfte vermehrte Auflage. Regensburg, bey Montags Erben. 1788. 8.

Gegenwärtige neue Auflage der Uebersetzung des Duvalischen Lebens ist der beste Beweis, wie interessant dasselbe ist, und welch ein angenehmes Geschenk Herr K. damit dem lesenden Publikum gemacht hat. Jeder, der dieses Buch in die Hand nimmt, wird auch wirklich durch den romantischen Gang der Begebenheiten dieses Sohns der Natur, durch die Abwechslung von Räsonnements mit Thatsachen, durch die eigne naive Manier des Verfassers, mit welcher er alle Gefühle und Vorstellungen schildert, so wie sie sich nach und nach in seiner jungen Seele entwickelten und durch Erfahrungen bestimmt wurden, durch die Reflektionen, die er in dieses psychologische Gemählde zu verweben weiß, und die mit der Naivetät seiner Erzählung ungemein gut abstechen, auf das angenehmste unterhalten und zugleich belehrt werden. Man muß diesen Menschen liebgewinnen, weil aus allen seinen Handlungen eine reine und kindliche Einfalt, verbunden mit einem sehr richtigen Beobachtungsgeiste hervorleuchtet, und den zukünftigen großen Mann ahnden läßt; und weil reine Liebe für die Rechte der Menschheit und Haß gegen Unterdrückung und Aberglauben jedes Blatt seiner Lebensbeschreibung bezeichnet.

Mit Recht konnte man alles dieses auch von der ersten Auflage dieses Buches sagen; noch weit mehr aber findet es bey gegenwärtiger zweiten statt, da diese ungleich mehr Nachrichten von Duvals Leben enthält, als selbst jene Lebensbeschreibung der Herrn Staatsraths von Koch in seiner Ausgabe von Duvals Werken, aus welcher die erste Auflage der Kayserschen Uebersetzung bestand. Schon aus der Vergleichung der Seitenzahl beyder Auflagen wird dieses sichtbar, da die erste nur aus 1 Bande von 232 S. bestand, die zweyte aber 2 Bände und 560 S. stark ist. Was dieser letztern aber einen ganz entschiedenen Vorzug vor jener und sogar vor dem französischen Originale des Herrn von Koch giebt, ist, daß sie aus einer vom Duval eigenhändig aufgesetzten Lebensbeschreibung, davon die Verlagshandlung das Manuscript an sich kaufte, diese Zusätze und Vermehrungen erhalten hat. Mit der grösten Wahrheit und Aufrichtigkeit schildert sich darin Duval, und wollte sie eben deswegen bey seinen Lebzeiten nicht herausgeben, weil er durch seine Freymüthigkeit die Delikatesse der Welt und vieler Personen, die in seinem Leben vorkommen, zu beleidigen glaubte. Dies erhellt aus einem Briefe, den er an den Abbé Calmet, den Herausgeber der Bibliotheque Lorraine schrieb, und welchen uns Herr K. in der Vorrede mittheilt. Schonung für das Andenken seines Freundes, und mehr noch eben diese Rücksichten, die der Herr Ritter von Koch, als Staats- und Geschäftsmann, nicht aus den Augen setzen durfte, hielten ihn ab, mehr als einen Auszug aus dieser Lebensbeschreibung zu liefern. Herrn K. aber waren die Hände nicht so gebunden, und wir wissen es ihm recht sehr Dank, daß wir jezt in einer Uebersetzung mehr von den Lebensumständen dieses berühmten Franzosen aufzuweisen haben, als seine eignen Landsleute. Sie ist dadurch gewissermaßen ein Original geworden, und weit schätzbarer als der Kochische Auszug. Nur bis zu Duvals Aufenthalt zu Pont a Mousson reicht sein eigenhändiger Aufsatz, wo der Uebersetzer den Herrn von Koch wieder sprechen läßt. Einige unbedeutende Kleinigkeiten und Flecken in Absicht auf Sprache und Vortrag kommen bey diesem wichtigen Geschenke gar nicht in Anschlag, zumal da die Kürze der Zeit Herrn K. so sehr zu eilen nöthigte. Eine neue Auflage wird ihn bald in Stand setzen, seiner Uebersetzung den höchsten Grad von Vollkommenheit zu geben. Dies wird einem so vorzüglichen Schriftsteller, als Herr K. ist, nicht schwer werden, und ihn alsdenn berechtigen noch größere Ansprüche auf die Dankbarkeit der Leser machen zu können, zu welcher er sie jezt schon hinlänglich verpflichtet hat. S.

Druck von Breitkopf und Härtel in Leipzig.